6,-

Gina Mayer

Küssen auf Amerikanisch

Gina Mayer

Küssen auf Amerikanisch

Ravensburger Buchverlag

Bibliografische Information der Deutschen Nationalbibliothek:
Die Deutsche Nationalbibliothek verzeichnet diese Publikation
in der Deutschen Nationalbibliografie.
Detaillierte bibliografische Daten sind im Internet
auf www.dnb.d-nb.de abrufbar.

MIX
Aus verantwortungsvollen Quellen
FSC® C114500
FSC www.fsc.org

1 2 3 4 5 17 16 15 14 13

Originalausgabe

Lektorat: Iris Praël
Umschlaggestaltung: Kerstin Schürmann, formlabor, Hamburg,
unter Verwendung zweier Fotos von getty images/Dorling Kindersley.

Die deutschen Zitate aus *Romeo und Julia* stammen aus
William Shakespeare: *Sämtliche Werke in vier Bänden.* Band 4: *Tragödien.*
Übers. v. August Wilhelm Schlegel, Dorothea Tieck u. Wolf Graf Baudissin.
Berlin: Aufbau, 1975, 3. Aufl.,
1. Akt, 1. Szene [»Ach, dass der Liebesgott …«],
1. Akt, 5. Szene [»Ei nun, Junker …«] und [»Verhängnisvoll! Ich fühlte …«]

Printed in Germany

ISBN 978-3-473-40103-1

www.ravensburger.de

Alas, that love, whose view is muffled still,
Should, without eyes, see pathways to his will!

Ach, dass der Liebesgott, trotz seiner Binden,
Zu seinem Ziel stets Pfade weiß zu finden!

William Shakespeare

1

»Wow!«, sagte Maggie. »Das ist einfach … wow!« Sie war sprachlos. Cosima war wirklich der größte Glückspilz auf der Welt.

»Ich hab gar nicht mehr damit gerechnet«, sagte Cosima. »Ich meine – das mit der Gastfamilie hat sich so unendlich lang hingezogen. Aber heute Nachmittag hat die Agentur angerufen. Sie haben Gasteltern für mich gefunden.«

»Na, super! Ich wusste, dass es klappt. Wann geht's denn los?«

»Dritter September«, meinte Cosima.

»Was? Das sind ja weniger als vier Wochen!«

»Ganz genau.« Wie immer, wenn Cosima nervös war, wanderten ihre Finger zu der kleinen silbernen Schildkröte, die an einer Kette um ihren Hals hing. Maggie hatte die gleiche Kette. Als sie sechs gewesen waren, hatten sie einander die Anhänger zu Weihnachten geschenkt und seitdem nicht mehr abgelegt.

»Cosima, hallo? Was machst du für ein Gesicht? Freust du dich denn nicht? Du gehst für ein halbes Jahr nach New York! Ich würde meinen kleinen Finger dafür geben, wenn ich da hindürfte. Und den kleinen Zeh noch dazu. Das ist echt unglaublich.« Maggie hatte wochenlang auf ihre Eltern einreden müssen, bis die ihr eine zehntägige Busreise nach Kroatien finanziert hatten. Und Cosima flog mir nichts, dir nichts nach Manhattan, um dort eine superschicke Elite-Highschool zu besuchen.

»Du bist ja vollkommen aus dem Häuschen«, sagte Cosima mit Grabesstimme.

»Natürlich bin ich aus dem Häuschen. Ich freu mich doch so für dich!«, sagte Maggie und stellte im selben Moment fest, dass das eine Lüge war.

Sie freute sich nicht wirklich für Cosima.

Eigentlich freute sie sich kein bisschen.

Weil sie nämlich total neidisch war.

Sechs Monate New York, das allein war schon der Hammer. Andere gingen nach Frankreich oder England oder in irgendein Kaff im Mittleren Westen der USA. Cosima machte es nicht unter New York. Ihre Eltern schwammen ja auch im Geld, die Reisekosten und die Schulgebühren zahlten sie mal eben nebenbei, ohne mit der Wimper zu zucken.

Aber das war noch nicht alles.

Da war auch noch Louis.

Louis Prüss.

New York *und* Louis, das war einfach zu viel, das war nicht mehr fair.

»Warum fliegst du nicht für mich?«, fragte Cosima düster.

»Bitte was? Ist das dein Ernst?«

»Nee. Geht leider nicht. Das Visum und die Tickets und den ganzen andern Kram kann man nicht so einfach umschreiben. Aber wenn es möglich wäre … ich würd dir sofort den Vortritt lassen. Echt.«

»Sag mal, spinnst du jetzt komplett? Seit zwei Jahren redest du davon, dass du unbedingt in die Staaten willst und noch unbedingter nach New York und am allerunbedingtesten auf diese Highschool. Und jetzt hast du's geschafft und plötzlich hast du keinen Bock mehr? Das darf doch wohl nicht wahr sein.«

»Jetzt hab ich Louis.« Cosima richtete sich auf und sah Maggie an und hatte doch wirklich und tatsächlich Tränen in den hellblauen Augen.

»Louis läuft dir doch nicht weg.« Am liebsten hätte Maggie ihre Freundin geschüttelt. Aber das ging natürlich nicht. Also legte sie den Arm um Cosima. »Im Gegenteil. Er wird dich so vermissen, dass er hinterher noch verrückter nach dir ist.«

Cosimas Augen liefen über. Eine Träne rann ihr über die rechte Wange, eine zweite über die linke. Sie wischte sie mit dem Handrücken ab, aber es kamen immer wieder neue nach. »Meinst du wirklich?«, flüsterte sie mit belegter Stimme. »Aber wenn er sich nun in eine andere verliebt? Ich bin so weit weg, ich krieg doch gar nichts davon mit, was hier abgeht.«

»Wenn er dir nicht mal ein halbes Jahr treu sein kann, dann hat er dich auch nicht verdient«, erklärte Maggie, aber das überzeugte Cosima nicht.

»Das sagst du so einfach«, schluchzte sie. »Aber wir sprechen doch hier nicht von irgendeinem Idioten. Wir reden von Louis Prüss, meinem absoluten Traumtyp. Louis, hinter dem *alle* Mädchen in der Schule her sind. Der nur einmal mit dem Finger zu schnippen braucht und schon stehen da zehn, ach was: zwanzig Mädels, die ihm die Füße küssen würden, damit er sie nur einmal anlächelt. Du weißt doch, dass ich wie eine Blöde geackert habe, bis er mich überhaupt wahrgenommen hat! Und nun soll ich ihn einfach so aufgeben?« Sie schüttelte so heftig den Kopf, dass ein paar Tränen auf Maggies T-Shirt flogen. »Nie und nimmer.«

Louis, hinter dem alle Mädchen in der Schule her sind. Das ist natürlich ein bisschen übertrieben, dachte Maggie. Bestimmt gab es vier oder fünf Mädchen an der Schule, die Louis Prüss vollkommen kalt ließ. Na ja, vielleicht auch nicht.

Vor ein paar Tagen hatte Maggie gehört, wie sogar Charlotte Betz sehnsüchtig geseufzt hatte, als Louis an ihr vorbeigegangen war. Und Charlotte war Schulsprecherin und ging in die Zwölfte und war mindestens eineinhalb Jahre älter als Louis.

Louis war ja auch perfekt – er sah super aus, war Quarterback in der Footballmannschaft der Schule, spielte Schlagzeug in einer Band, hatte schokobraune Augen. Er war witzig und klug und – das war überhaupt das Unglaublichste – er war kein bisschen arrogant. Im Gegenteil, er war sogar zu den Mädchen nett, die hässlich und fett und unbeliebt waren. Oder einfach nur total unscheinbar. Wie Maggie.

Vor einem halben Jahr hatte er Maggie einmal einen Latte macchiato ausgegeben, nachdem sie in der Cafeteria zusammengestoßen waren und Maggie ihm ihren heißen Kaffee übers Hemd geschüttet hatte. Der Zusammenstoß war Maggies Schuld gewesen, sie hatte nicht auf den Weg geachtet, aber Louis war nicht ausgerastet. Obwohl der Kaffee höllisch heiß war und sein Hemd total nass. »Kann doch mal passieren«, hatte er bloß gesagt und frischen Kaffee geholt.

Seitdem war Maggie verknallt in ihn. Nein, falsch. Verknallt war sie natürlich schon vorher gewesen, aber seitdem war sie rettungslos, abgrundtief, hoffnungslos in ihn verliebt.

Vor allem hoffnungslos.

Denn natürlich hatte sie nicht die Spur einer Chance bei einem Typ wie Louis. Als Mädchen nahm er sie gar nicht zur Kenntnis. Da stand sie einfach mehrere Klassen unter ihm.

Cosima dagegen hatte es geschafft. Cosima hatte ganz einfach beschlossen, dass Louis die Liebe ihres Lebens war, und hatte alles darangesetzt, ihn zu bekommen. Und seit Ende Juli war sie mit ihm zusammen.

Nun schwärmte sie Maggie ununterbrochen vor, wie wunderbar er küsste und dass er ihr ein Lied gewidmet hatte, das er für seine Band geschrieben hatte, und las Maggie seine romantischen SMS vor. Und Maggie sagte: »Was, echt?« Und: »Tatsächlich?« Und: »Ist das geil!« Und fühlte sich dabei, als ob ihr Cosima mit bloßen Händen das Herz herausreißen würde. Das hörte sich übertrieben an, aber es war nicht übertrieben.

»Ich weiß genau, was passiert, wenn ich jetzt abhaue«, sagte Cosima finster.

»Was denn?«

»Dann schlägt Eva-Marie zu. Die wartet doch nur auf eine zweite Chance.«

Eva-Marie war Louis' Exfreundin, die er vor einem halben Jahr verlassen hatte.

»Nun mach dich doch nicht verrückt«, meinte Maggie. »Eva-Marie ist für Louis gestorben, da bin ich mir sicher. Ich hab gehört, wie er zu Kai gesagt hat, dass er Pferdegeruch zum Kotzen findet. Und Eva-Marie riecht immer nach Pferd.«

»Sie sieht supergut aus«, murmelte Cosima – und das war nicht von der Hand zu weisen. Eva-Marie hatte Haare wie aus goldbraunem Samt, unendlich lange Beine und grüne Augen. Sie war wirklich wunderschön – genau wie Cosima. Cosima mit ihren blonden Locken, die so glänzend und voll waren, dass sie fast künstlich wirkten, und den vergissmeinnichtblauen Unschuldsaugen. Während Maggie mit ihren roten Haaren im Sommer höchstens einen Sonnenbrand bekam und danach wieder so blass und bleich wie vorher war, wurde Cosima trotz ihrer blonden Haare superschnell braun.

Noch so eine Ungerechtigkeit des Lebens, fand Maggie.

»Wie ist denn eigentlich deine Gastfamilie?«, fragte sie, um Cosima abzulenken.

»Ganz nett, glaub ich. Er ist Banker, sie ist Tänzerin und tritt in Musicals am Broadway auf. Zwei Kinder, Ava und John, das Mädchen ist in meinem Alter.«

»Das klingt doch super. Wenn sie Musicals macht, dann bekommst du bestimmt Freikarten für alle großen Shows. Oh Mann, du hast so ein Glück.« Jetzt gelang es Maggie wirklich nicht mehr, ihren Neid zu verbergen.

»Ich hab meinen Dad angefleht, dass er die Sache wieder cancelt«, erklärte Cosima, die gar nicht richtig zugehört hatte. »Da ist er total ausgerastet. Echt, der hat mich sogar angebrüllt. Er findet mich verwöhnt und undankbar, hat er gesagt. Oder vielmehr gebrüllt. Kannst du dir das vorstellen?« Jetzt begannen die Tränen wieder zu fließen. »Ist das nicht supergemein?«, schluchzte sie. »Wie kann er nur so wenig Verständnis für mich haben!«

Maggie zuckte mit den Schultern.

»Was soll das denn jetzt heißen?«, fragte Cosima misstrauisch.

»Na ja«, murmelte Maggie gedehnt, ohne sie dabei anzusehen.

Cosima angelte sich ein Papiertaschentuch von Maggies Nachttisch und putzte sich die Nase. Danach schniefte sie ein paarmal. Wahrscheinlich erwartete sie, dass Maggie sich entschuldigte. Aber Maggie rührte sich nicht. Sie starrte auf die verstaubte Schildkrötensammlung auf ihrem Fensterbrett und schwieg.

»Du findest mich auch verwöhnt«, stellte Cosima schließlich fest.

Maggie zuckte noch einmal mit den Schultern. »Ich würde so gerne nach New York. Und du sitzt hier und heulst …«

Cosima starrte jetzt ebenfalls auf die Bettdecke. Gleich wird sie sauer, dachte Maggie. Cosima hasste nämlich jede Art von Kritik. Da ging es auch schon los, Cosimas Kopf fuhr in die Höhe, ihre Schultern strafften sich. Aber zu Maggies Verblüffung sah ihre Freundin nicht wütend aus, sondern strahlte übers ganze Gesicht.

»Weißt du was?«, rief sie laut. »Ich hab's.«

»Du hast … was?«

»Die Lösung! Ich hab die Lösung.«

»Wofür?«

»Mann! Die Lösung für mein Problem. Pass auf: Ich fliege nach New York und bin total relaxed.«

»Das ist die Lösung?«, fragte Maggie verständnislos. Was faselte Cosima denn da?

»Das ist der eine Teil der Lösung. Der andere bist du.«

»Ich?«

»Du bleibst hier und passt auf.«

»Worauf?«, fragte Maggie, obwohl sie längst begriffen hatte, worauf Cosima hinauswollte. Aber das war Wahnsinn, das ging nicht, darauf durfte sie sich auf keinen Fall einlassen.

»Louis. Du passt auf Louis auf. Und beim kleinsten Anzeichen, beim geringsten Verdacht, dass Louis was mit einer anderen anfängt, schlägst du Alarm. Und rufst mich an. Sofort, meinetwegen auch mitten in der Nacht, hörst du?«

»Und dann? Was willst du denn machen, wenn du erfährst …«

»Dann setz ich mich in den nächsten Flieger und komm nach Hause«, erklärte Cosima und lächelte zufrieden. »Genauso machen wir es.«

»Das geht aber nicht«, stammelte Maggie. »Ich … ich kann Louis doch nicht nachspionieren. Ich meine, er ist bestimmt total genervt, wenn ich mich die ganze Zeit an ihn dranhänge …«

»Ach was, Louis doch nicht. Der findet dich echt in Ordnung, hat er mir gestern noch gesagt. Du sollst ihm ja auch nicht auf die Pelle rücken, behalt ihn einfach im Auge. Und sobald er Blödsinn macht …«, sie holte ihr Handy aus der Tasche und hielt es hoch, »… *you'll let me know.*«

Maggie versuchte zu lächeln, aber sie brachte nur ein schiefes Grinsen zustande.

Der findet dich echt in Ordnung. Ihr absoluter Traumtyp fand sie *echt in Ordnung.* Anders ausgedrückt: Maggie war Louis total egal. Und Cosima, die vor Eifersucht platzte, wenn sich ein anderes Mädchen Louis auch nur auf zehn Meter näherte, fand nichts dabei, Maggie damit zu beauftragen, ihn sechs Monate lang zu beschatten.

Ich bin ja auch keine Konkurrenz für sie, dachte Maggie.

Ich bin nichts.

Cosima umarmte Maggie stürmisch. »Ich bin so froh, dass ich dich habe. Wirklich. Du bist die beste Freundin, die man sich wünschen kann. Ich werde dich wie verrückt vermissen, wenn ich in den Staaten bin!« Dann blickte sie auf ihre Armbanduhr. »Apropos Zeit – ich bin gleich mit Louis verabredet. Der Ärmste weiß noch gar nichts. Ich muss ihm jetzt erst mal verklickern, dass er die nächsten Monate ohne Freundin auskommen muss.«

22:15 MESZ
SMS von Cosima an Maggie

hi mag! bin wieder zu hause. L war echt geknickt, als er gehört hat, was sache ist! musste gleich wieder losheulen!! L hat mich getröstet. er ist so süß!!! :)))

22:16 MESZ
SMS von Cosima an Maggie

er will mich in ny besuchen!!!! :))

22:25 MESZ
SMS von Cosima an Maggie

warum antwortest du nicht? schläfst du schon?

22:33 MESZ
SMS von Maggie an Cosima

war off. wär ja cool, wenn L dich besucht. er ist echt nett. ich geh jetzt schlafen. gute nacht.

2

»Wo ist mein grüner Bikini?«, schrie Cosima. »Ich such ihn jetzt schon eine ganze Stunde! Hast du ihn vielleicht gewaschen, Mama?«

»Quatsch, den hab ich schon seit Monaten nicht mehr gesehen. Der steckt bestimmt irgendwo in deinem Schrank. Aber in dem Gewühl würde ich auch nichts finden.«

»Da ist überhaupt kein Gewühl mehr!«, rief Cosima. »Die ganzen Klamotten sind doch jetzt im Koffer.«

»Zwanzig Kilo.« Nun tauchte ihre Mutter in der Zimmertür auf. »Mehr sollte der Koffer nicht wiegen. Das ist dir schon klar, oder?«

»Mama! Ich fahr nicht nur übers Wochenende weg. Ich bleib ein halbes Jahr in New York! Da brauch ich mehr als ein paar Unterhosen.«

»Aber keine zwei Schrankkoffer.« Frau Leo riss vor Entsetzen die Augen auf, als sie die beiden riesigen Koffer sah, die ihre Tochter mit Klamotten gefüllt hatte. »Das Zeug kriegst du gar nicht mehr ins Flugzeug. Dafür brauchst du ein Containerschiff. Das geht auf keinen Fall, Cosima!«

»Das ist nur das Allernötigste, Mama. Kannst gerne nachschauen.«

»Will ich gar nicht. Es ist zu viel. Denk dran, dass du dein Gepäck allein vom Band holen und durch den Zoll bringen musst. Diese beiden Trümmer kannst du gar nicht schleppen.«

»Es gibt doch Gepäckwagen …«

»Keine Widerrede. Ein Koffer genügt. Außerdem fährst du nicht in die Wüste. Wenn dir wirklich was fehlen sollte, musst du es eben vor Ort kaufen.« Frau Leo warf Cosima noch einen strengen Blick zu, dann verzog sie sich wieder. »Auf jeden Fall musst du bis acht Uhr fertig sein. Dein Vater will das Gepäck heute Abend aufgeben«, hörte Cosima sie noch rufen.

Verdrossen trat Cosima mit dem Fuß gegen einen Kofferdeckel, der ächzend zuklappte. *Außerdem fährst du nicht in die Wüste.* Damit hatte ihre Mutter allerdings auch wieder Recht. Sie flog nach New York, ins El Dorado des Shoppings. Es war wirklich bescheuert, Berge von Klamotten mitzuschleppen, anstatt die Teile einfach dort zu kaufen. Cosimas düstere Miene hellte sich auf. »Ich lass den ganzen Plunder einfach hier«, murmelte sie und begann ihre Blusen, Tops und Hosen mit vollen Armen zurück in den Schrank zu schaufeln. Der grüne Bikini? Interessierte sie nicht mehr. In New York würde sie sich einen neuen grünen Bikini kaufen. Und einen blauen, roten und gelben gleich mit.

Es klingelte an der Haustür. »Ich mach schon auf!«, rief Frau Leo von unten.

Das war bestimmt Maggie, die Cosima beim Packen helfen wollte. Sie hatte auch versprochen, Cosima am nächsten Morgen zum Flughafen zu begleiten, obwohl der Flieger schon um 7.12 Uhr startete. Meine Schildkrötenfreundin, dachte Cosima und berührte wieder einmal ihre Kette. Sie würde Maggie so vermissen! Sie waren seit dem Kindergarten miteinander befreundet – ach was, befreundet – sie klebten aneinander wie Pech und Schwefel. Und nichts konnte sie trennen. Kein Streit, kein blöder Lehrer, der sie auseinander setzte, weil sie angeblich zu viel quatschten, keine zickige Klassenkameradin, die Cosima einreden wollte, dass Maggie zu bieder und unscheinbar für sie war. Und ganz bestimmt kein Junge.

Ihren bisherigen Freunden hatte Cosima immer von Anfang an klargemacht, dass Maggie die wichtigste Person in ihrem Leben war. Bei Louis sah die Sache natürlich ein bisschen anders aus. Mit ihm war es ihr zum ersten Mal richtig ernst. Aber Louis verstand sich zum Glück gut mit Maggie.

Louis. Als sie an ihn dachte, wurde sie sofort wieder trübsinnig. Ein halbes Jahr lang musste sie nun ohne ihn auskommen. Vier Monate, korrigierte sich Cosima in Gedanken. An Weihnachten würde Louis sie in New York besuchen, das hatte er ihr fest versprochen. Und Anfang Februar ging es dann schon wieder nach Hause.

Maggie hatte Recht: Wenn Louis es nicht schaffte, Cosima in dieser Zeit treu zu bleiben, dann hatte er sie auch nicht verdient. Trotzdem war sie erleichtert, dass ihre Freundin ihr versprochen hatte, auf ihn aufzupassen. »Sicher ist sicher«, murmelte Cosima.

»Sicher ist sicher?« Eine tiefe Stimme ließ sie zusammenfahren. »Was soll das heißen? Dass du statt dem Flieger doch lieber das Schiff nehmen willst?«

»Louis!« Sie warf die Socken, die sie in den Händen hielt,

zurück in den Schrank und stürzte auf ihn zu. »Was machst du denn hier? Mit dir hab ich ja gar nicht gerechnet!«

»Ich kann ja auch wieder abhauen«, schlug er vor, aber da lag sie schon in seinen Armen. Wie gut sie zueinander passten! Ihr Kopf fügte sich genau in die Kuhle seines Schlüsselbeins, ihre Wange schmiegte sich an seine Schulter. Er schlang die Arme um sie. Sie spürte seine Lippen in ihrem Haar. Sie waren füreinander gemacht wie zwei Puzzleteile.

»Vier Monate.« Louis sprach aus, was Cosima dachte. »Wie soll ich das bloß überstehen?«

»Wir skypen«, sagte sie. »Und simsen und mailen. Jeden Tag. Es wird fast so sein, als ob ich gar nicht weg wäre.«

»Ach. Und wen soll ich dann küssen? Den Monitor? Mein Handy?«

Sie spürte, wie ihr wieder Tränen in die Augen stiegen, aber gleichzeitig fühlte sie sich auch unendlich stolz. Er liebt mich, dachte sie. Louis Prüss liebt mich, mich allein.

»Hoffentlich keine andere«, flüsterte sie.

»Nie und nimmer«, sagte er so leise, dass sie seine Stimme mehr spürte, als dass sie die Worte verstand. »Ich liebe dich, Cosima.«

Sie schloss die Augen, seine Lippen fanden ihre Lippen, und sie spürte seinen Kuss wie einen Bienenschwarm im Magen.

Dann löste er sich wieder von ihr und blickte sie ernst an. »Du aber auch nicht«, sagte er.

»Was?«

»Versprich mir, dass du mit keinem anderen rummachst. Einem Amerikaner. Oder einem Austauschschüler. Oder irgendjemand. Das wäre echt … furchtbar.«

»Was denkst du denn von mir?«, fragte sie entsetzt. »Niemals würde ich so etwas tun!«

Seine Hände wanderten von ihren Schultern zu ihrem Gesicht, seine Finger strichen über ihre Wangenknochen, ihre Nase, ihre Lippen, als wollte er sich die Konturen ihres Gesichts für immer einprägen. Dann küssten sie sich noch einmal.

»Vertrauen«, flüsterte Louis zwischen zwei Küssen. »Das ist für mich das Wichtigste in einer Beziehung.«

»Für mich auch«, hauchte Cosima und dachte an ihr Abkommen mit Maggie, verdrängte den Gedanken aber schnell wieder.

Sie zog Louis zum Bett und ließ sich fallen und er sank neben sie. Aus weiter Ferne drang die Stimme ihrer Mutter an ihr Ohr, aber Cosima verstand nicht, was sie wollte. Es war ihr auch egal, Louis' kitzelte sie mit der Zunge am Ohr, alles andere interessierte sie jetzt nicht. Ohne sich aus Louis' Umarmung zu lösen, streckte sie ihr Bein aus, bis sie mit der Fußspitze die Tür erreicht hatte. Dann versetzte sie ihr einen kräftigen Tritt, sodass sie zufiel.

Zufallen sollte.

Das tat sie aber nicht.

Sie flog nur ein Stück weit und knallte dann gegen ein Hindernis.

»Aua! Oh Mann, oh verdammt!«

Cosima und Louis fuhren auseinander und rappelten sich hoch.

»Maggie!«

»Das ist ja eine tolle Begrüßung!« Maggie hielt sich die Stirn. »Kannst du nicht anrufen, wenn du mich nicht sehen willst? Du musst mir doch nicht gleich die verdammte Tür ins Gesicht knallen.«

»Oh Gott, Maggie, ich wusste doch nicht ... Ich hab dich nicht bemerkt, es tut mir so leid!«, stammelte Cosima.

»Wir waren verabredet, falls du das vergessen hast.« Jetzt ließ Maggie ihre Hand sinken. Oh weh, man konnte richtig dabei zusehen, wie sich auf ihrer Stirn eine riesige Beule bildete.

»Das muss gekühlt werden«, sagte Louis. »Kannst du mal Eis holen, Cosima?«

»Ich hol ein Coolpad aus dem Kühlschrank!« Sie sprang auf und wollte los, aber Maggie hielt sie zurück.

»Lass, ist schon gut. Ich brauch nichts. Ich hau auch gleich wieder ab.«

»Jetzt sei doch bitte nicht sauer.« Cosima schob die Freundin einfach beiseite und rannte die Treppen nach unten in die Küche.

Als sie mit dem Kühlkissen wieder ins Zimmer kam, saß Maggie auf ihrem Schreibtischstuhl. Louis hielt ihr Kinn fest und drehte ihr Gesicht ins Licht, um die Beule zu begutachten. »Da hast du ja wohl ganze Arbeit geleistet, Cosima«, meinte er kopfschüttelnd. »Habt ihr vielleicht so was wie Arnika im Haus? Oder Notfalltropfen?«

»Ich glaub nicht. Willst du was gegen Kopfschmerzen, Mag?«

»Quatsch.« Maggies Gesicht war ganz rot. Vor Wut wahrscheinlich. »Ich wollte dich eigentlich nur fragen, ob du noch Hilfe beim Packen brauchst.« Ihr Blick fiel auf den offenen Koffer, in dem nur noch ein paar T-Shirts, zwei Jeans und einige Unterhosen lagen. »Sieht so aus, als hättest du noch gar nicht richtig angefangen.«

»Ich bin fast fertig«, erklärte Cosima.

»Na dann.« Maggie stand auf. Sie ignorierte das Kühlkissen, das Cosima ihr immer noch hinstreckte. »Wann soll ich denn morgen am Flughafen sein?«

»Check-in ist um kurz nach fünf. Aber wenn dir das zu früh ist, kann ich das verstehen.«

»Nee, natürlich bin ich da. Hab ich doch versprochen.« Maggie lachte etwas gequält. »Wir sehen uns dann morgen.«

»Wenn du willst, kannst du mit mir zum Flughafen fahren«, bot Louis an. »Ich nehm den Roller, den können wir direkt vor der Abflughalle abstellen.«

Maggie zögerte.

»Na, das ist doch eine Superidee«, meinte Cosima. »Ach, ihr seid so unglaublich nett, beide! Dass ihr euch das antut. Ich bin ganz gerührt.« Sie legte ihren Arm um Louis.

»Das solltest du auch sein«, raunte Louis.

Er drehte den Kopf zu ihr, seine Lippen suchten ihre, es war wie eine magnetische Anziehung.

»Ich bin dann mal weg«, sagte Maggie.

Von: Cosima
Datum: 28.08 23:07:41 MESZ
Betreff: Abschied
An: Maggie

Liebe Maggie,

wie geht's deinem Kopf? Tut die Beule noch sehr weh?
Oh Mann, da hab ich dir ja ein tolles Andenken verpasst!
Ohne mich lebst du auf jeden Fall weniger gefährlich.
Ich hab meinen Koffer jetzt ENDLICH fertig gepackt.
Erst fand meine Ma ihn viel zu voll und dann hat sie rumgemeckert, dass ich zu wenig mitnehme. Man kann es ihr einfach nie recht machen! Am Ende hat mir Louis beim Packen geholfen. Wahrscheinlich hab ich trotzdem die Hälfte vergessen, aber jetzt ist der Koffer weg, mein Vater hat ihn schon mal zum Flughafen gebracht. Egal – was mir fehlt, kauf ich einfach in NY. :D
Gerade ist Louis gegangen und jetzt bin ich so aufgekratzt und nervös, dass ich bestimmt die ganze Nacht kein Auge zutun werde. Morgen um diese Zeit bin ich in Amerika!
Um kurz vor vier landet mein Flieger – 10.50 Uhr *local time.*
Und dann? Hoffentlich vergisst meine Gastfamilie nicht, mich abzuholen. Über Skype kommen Pam und Joe ja supernett rüber – aber wie sie in Wirklichkeit sind, weiß man natürlich nicht. Vielleicht sind es Monster! :))
Louis hat mir zum Abschied eine Schneekugel geschenkt, in der ein Liebespaar tanzt. Und eine große Tafel Milka Marzi-

pan, meine Lieblingssorte. Das hat er sich gemerkt, obwohl ich es ihm gegenüber nur ein einziges Mal erwähnt habe.
OMG, der Typ ist einfach so wahnsinnig, unglaublich, atemberaubend GEIL! Maggie, du musst aufpassen, dass Eva-Marie ihn nicht wieder in die Fänge kriegt! Lass ihn bloß nie mit ihr allein, versprichst du mir das?
Ich hoffe, du kriegst deine Eltern noch rum, dass sie dich in den Weihnachtsferien nach New York lassen. Du und ich beim *Christmas shopping* auf der 5th Avenue, das wär doch obercool! :)))
Muss jetzt Schluss machen. Meine Mutter will das Handgepäck noch mal mit mir durchgehen. Und die eine oder andere Lebensweisheit loswerden. Sie behandelt mich, als ob ich zwölf wäre! Dabei bin ich ab morgen ohnehin auf mich selbst gestellt. Hoffentlich ist Pam in New York nicht so eine Oberglucke, die mich auf Schritt und Tritt kontrollieren will, sonst komm ich vom Regen in die Traufe. Bin so aufgeregt!

Schlaf gut! Bis bald – aus NYC!
Cos xx

Shopping in New York war wirklich was ganz anderes als in Düsseldorf! Was es hier für geile Klamotten gab! Maggie probierte einen leuchtend gelben Minirock an, dazu ein schwarzes Spitzentop und einen Jeansmantel. »Guck mal die Schuhe!«, sagte Cosima und hielt ein paar schwarze Ankle Boots hoch. Acht Zentimeter hohe Absätze, mindestens.

»Boah, ich will gar nicht wissen, was das alles kostet«, stöhnte Maggie, aber Cosima lachte. »Ist doch vollkommen egal. Du bist doch jetzt reich! Schon vergessen?«

Maggie wollte etwas erwidern, aber im selben Moment hob die Verkäuferin an der Kasse eine kleine Glocke und begann damit zu läuten. »Wir schließen«, rief sie laut. »Bitte verlassen Sie den Laden.«

Wie eigenartig, dass die Frau Deutsch mit uns spricht, dachte Maggie. Dann wachte sie auf.

Das Gebimmel war immer noch zu hören. Es war aber keine Glocke, es war die Türklingel.

Ein alarmierter Blick auf den Wecker neben dem Bett. Vier Uhr zweiundvierzig.

Cosima.

Der Flughafen.

Louis.

Er stand vor dem Haus und wollte Maggie abholen. Sie hatte verschlafen!

Im Nachthemd rannte sie nach unten. Louis saß auf dem Roller und sah sie entgeistert an, als sie die Haustür aufriss. »Sorry, ich hab verpennt«, keuchte sie. »Gib mir drei Minuten, dann bin ich bei dir!«

Er nickte. »Keine Panik.«

Wie gut er in seinen Lederklamotten aussah, als wollte er in einen coolen Club und nicht in aller Herrgottsfrühe zum Flughafen. Sie selbst dagegen … Nein, sie wollte gar nicht darüber nachdenken.

War auch besser. Die grausame Wahrheit zeigte sich ihr,

als sie die Zahnbürste in den Mund schob, während sie gleichzeitig mit dem linken Fuß in ihre Jeans stieg. Und dabei versehentlich in den Spiegel blickte.

Ihre Haare standen in alle Richtungen. Ihre Augen waren vom Schlaf verquollen. Und die Beule auf der Stirn hatte über Nacht gigantische Ausmaße angenommen. Weil sie von einem blauen Fleck umgeben war, sah sie aus wie ein roter Berg, der aus dem Meer aufstieg. Gruselig.

Nicht hingucken. Zum Glück war es draußen noch dunkel. Sie spuckte die Zahnpasta aus, zog die Hose hoch und ein T-Shirt darüber. Auf dem Weg zur Tür fiel ihr das Abschiedsgeschenk wieder ein. Sie hatte Cosima eine kleine Schildkröte aus Porzellan besorgt, in den amerikanischen Farben, Rot, Weiß, Blau. Cosima und Maggie sammelten nämlich beide seit ihrer Grundschulzeit Schildkröten in jeglicher Form. Also noch mal zurück ins Zimmer, das Päckchen holen. Und nun die Jacke von der Garderobe und los.

»Drei Minuten«, sagte Louis, als die Tür hinter ihr ins Schloss fiel. »Alle Achtung. Das hab ich bei einem Mädchen noch nie erlebt.«

Er reichte ihr den Helm, den er für sie mitgebracht hatte. Als sie ihn aufsetzte, streifte sie versehentlich die Beule an ihrer Stirn und hätte fast geschrien vor Schmerz.

»Alles klar?«

Sie nickte hastig.

»Dann steig auf. Wir sind spät dran.«

Sie war kaum auf den Sitz geklettert, als er auch schon losfuhr. Erschrocken klammerte sie sich an den Griff hinter ihr.

Sie war noch nie auf einem Roller mitgefahren. An jeder Biegung hatte sie das Gefühl, dass der Roller gleich umfallen würde, so schräg lag er plötzlich. Ob sie sich mit in die Kurve legen oder lieber dagegenhalten sollte? Wenn sich der Beifahrer blöd anstellt, kann das richtig gefährlich werden, hatte Cosima einmal zu ihr gesagt. Wahrscheinlich bereute Louis es längst, dass er sie mitgenommen hatte. Erst ließ sie ihn warten und nun saß sie steif wie ein Brett hinter ihm.

Sie ratterten durch die stillen Straßen stadtauswärts. Die Laternen brannten, in den Häusern war alles dunkel, um diese Zeit schliefen noch alle. Louis nahm nicht die Schnellstraße zum Flughafen, sondern fuhr durch eine Wohngegend, durch kleine Straßen, die Maggie nicht kannte. Nach einer Weile begann sie sich zu entspannen und die Fahrt zu genießen. Der Tag würde heiß werden, aber jetzt war die Luft noch kühl und frisch. Herrlich. Sie dachte an ihren Traum.

Shopping in New York. Ein leuchtend gelber Minirock und hochhackige Ankle Boots, als ob sie so was Verrücktes jemals kaufen würde. Das war Cosimas Stil, sie liebte knallige Miniröcke und flippige Klamotten, aber Maggie trug eigentlich immer nur Jeans und T-Shirts. An dem Traum war natürlich Cosimas Mail schuld.

Du und ich beim Christmas shopping *auf der 5th Avenue, das wär doch obercool.*

Obercool. In der Tat. Und absolut ausgeschlossen. Ein Flug nach New York in den Weihnachtsferien war einfach nicht drin, nie und nimmer würde ihre Mutter das finanzieren.

Aber vermutlich war es auch besser so. Denn Louis wollte Cosima ja ebenfalls in den Weihnachtsferien besuchen. Und die Vorstellung, hinter dem verliebten Paar durch die Straßen und Boutiquen von Manhattan zu ziehen, war nun wirklich alles andere als prickelnd. Da blieb Maggie doch lieber gleich zu Hause. Sie stellte sich vor, wie Louis in New York am Flughafen ankam und wie Cosima mit ausgebreiteten Armen auf ihn zurannte. Wie sie sich umarmten. »Ich hab dich so vermisst«, flüsterte Louis und Cosima sah ihn verliebt an. Und dann küsste er sie. Und auf einmal waren es nicht mehr Cosima und Louis, die sich küssten, auf einmal war es Maggie, die in Louis' Armen lag.

»Ich liebe dich so«, flüsterte sie. Der Fahrtwind und das Knattern des Mofas verschluckten den Satz. Obwohl Louis direkt vor ihr saß, hörte er ihn nicht.

Sie waren nicht die Einzigen, die sich mitten in der Nacht aus dem Bett gewälzt hatten, um Cosima am Flughafen zu verabschieden. Sarah, Max, Lidan, Charlie, Leon und Alina waren ebenfalls erschienen und überreichten Cosima gerade ihre Abschiedsgeschenke, als Maggie und Louis in die Halle rannten. Cosima, die gerade noch gelacht hatte, schluchzte laut auf, als sie Louis sah, stürzte auf ihn zu und klammerte sich an ihn wie eine Ertrinkende an den Rettungsschwimmer. »Die Arme«, sagte Lidan so mitleidig, als hätte Cosima soeben beide Eltern verloren. Dabei standen Herr und Frau Leo neben ihr und sahen ihrer Tochter halb amüsiert, halb betreten beim Küssen zu.

»So, jetzt aber …«, sagte Frau Leo schließlich. »Wenn ihr jetzt nicht aufhört, brauchst du gar nicht mehr los.«

Cosima löste sich aus Louis' Armen. Ihr Gesicht war tränenüberströmt und sie sah trotzdem super aus. Wie machte sie das bloß? Ein Kuss für ihre Mutter, eine Umarmung für ihren Vater. »Also dann«, sagte sie und hob die Hand.

»Tschüss!« – »Ciao!« – »Mach's gut!« – »Vergiss uns nicht!« – »Meld dich, so bald du da bist!«

»Ich hab auch noch ein Geschenk für dich«, sagte Maggie leise.

»Maggie!« Cosimas Schrei gellte durch die ganze Halle. »Dich hätte ich fast vergessen. Oh mein Gott, ich kann es nicht glauben!« Sie warf sich Maggie an den Hals, die leise aufschrie, als Cosima ihre Beule berührte, aber das hörte Cosima gar nicht. »Ich vermisse dich jetzt schon«, flüsterte die Freundin ihr zu. »Und denk an dein Versprechen.«

Ich kann das nicht, wollte Maggie antworten. Mir bricht das Herz, wenn ich Louis die ganze Zeit beschatten soll. Ich brauche Abstand von ihm, sonst werd ich verrückt.

Aber natürlich sagte sie das nicht, es war zu spät für dieses Geständnis. Sie drückte Cosima das Päckchen mit der Schildkröte in die Hand, dann schlang sie ihre Arme noch fester um sie und roch ihr neues Parfüm, ein zarter Duft nach Erdbeeren und frischem Gras. Und begann aus lauter Verzweiflung zu weinen.

»Ist doch alles gut«, hörte sie Cosima flüstern. »Ich bin in null Komma nichts wieder zu Hause. Und bis dahin passt du auf Louis auf.«

3

Cosima hatte den miesesten Platz im ganzen Flieger erwischt. Im inneren Sitzblock ganz in der Mitte. Links neben ihr saß ein übergewichtiger Amerikaner, rechts neben ihr ein noch dickerer Deutscher. Und beide schwitzten. Cosima verdrehte genervt die Augen. Mindestens acht Stunden musste sie zwischen den beiden Fettwänsten verbringen.

Sie blätterte durch das Info-Heft mit dem Unterhaltungsprogramm an Bord. *One Day* hatte sie schon gesehen. Dieser Delfinfilm klang todlangweilig. *The Vampire Diaries, Two and a Half Men, Gossip Girl* – gähn. Sie steckte das Heft wieder zurück in die Tasche am Vordersitz. Der dicke Amerikaner schob sich einen Kaugummi in den Mund. Der dicke Deutsche holte eine Tüte grüner Gummifrösche aus der Tasche, riss sie auf und legte sie auf die Ablage vor seinem Sitz. Er wollte gerade zugreifen, als das Flugzeug in ein Luftloch flog und gefühlte vierhundert Meter in die Tiefe plumpste. Die Tüte rutschte vom Tisch, die Frösche hopsten in alle Richtungen – unter den Vordersitz, auf den Gang und in Cosimas Schoß.

»So ein verdammter Mist.« Der Dicke schnallte sich ab und bückte sich, um die Süßigkeiten wieder einzusammeln, aber im selben Moment stürzte eine Stewardess auf ihn zu, als wäre sie ebenfalls scharf auf die Gummitiere. »Bitte schnallen Sie sich wieder an.«

Wie auf Kommando verlieh das Flugzeug ihren Worten Nachdruck, indem es noch wilder zu schlingern begann. Keuchend richtete der Mann sich auf. Er zerrte den Sicherheitsgurt um seine fetten Hüften und warf einen sehnsüchtigen Blick auf die Frösche in Cosimas Schoß. Vielleicht dachte er darüber nach, ob er einfach zugreifen sollte.

»Bitte klappen Sie auch die Ablage wieder nach oben.« Die Stewardess deutete auf das Tischchen, auf dem gerade noch die Tüte gelegen hatte.

»Ich versteh überhaupt nicht, was das soll«, maulte der Dicke. »Wir sind doch schon lange in der Luft.«

Die Stewardess griff an ihm vorbei, klappte den Tisch hoch und machte dabei ein Gesicht wie Cosimas Mathelehrerin, wenn sie zum dritten Mal die Hausaufgaben erklärte. »Turbulenzen«, erklärte sie kurz.

Das Flugzeug hatte sich inzwischen ebenfalls in einen Frosch verwandelt. Es hüpfte in riesigen Sätzen von einem Luftloch ins andere, auf und ab und auf und ab. Immer wenn es ein Stück fiel, ging ein kollektives Stöhnen durch die Reihen.

»*O my God.*« Der Amerikaner zu Cosimas Rechten rang seine dicken Hände. »*We're gonna crash any moment.*«

So ein Blödsinn. So schnell stürzt ein Flugzeug doch nicht ab, versuchte Cosima sich einzureden. Oder vielleicht doch?

Um sich abzulenken, sammelte sie die Gummifrösche von ihren Beinen. Und nun? Wohin damit? Sie streckte sie ihrem linken Sitznachbarn hin. »Hier, bitte schön.«

»Kannst sie gerne behalten«, erklärte er großzügig.

»Nein danke. Ich habe eine Froschallergie.« Sie schüttete die Süßigkeiten in seine geöffnete Handfläche. Ihre Finger waren jetzt klebrig, sie hätte sich gerne die Hände gewaschen, aber an Aufstehen war nicht zu denken. Das Flugzeug vollführte immer kunstvollere Sprünge. Und ihr Magen hopste mit.

Cosima wollte sich an den Armlehnen festhalten, aber da lagen schon die fetten Arme ihrer Sitznachbarn. Ihr rechter Nachbar betete leise. Ihr linker Nachbar umklammerte die Gummifrösche. Seine Hand glänzte fahl.

Sie schloss die Augen. Und dachte an Louis. Wie er sie vorhin angesehen hatte, als sie sich voneinander verabschiedet hatten. Diese braunen Augen, wie sollte sie die nächsten sechs Monate nur ohne diese Augen überstehen? Ohne diesen Blick, der ihr Herz zum Flattern brachte?

Vielleicht empfing er sie ja Arm in Arm mit Eva-Marie, wenn sie wieder aus Amerika zurückkam. Unsinn, dachte Cosima, das wird nicht geschehen. Auf Maggie konnte sie sich verlassen. Beim kleinsten Verdacht würde sie Cosima informieren. Und dann würde Cosima auf der Stelle zurückkommen.

Zurückkommen konnte sie allerdings nur, wenn sie den Hinflug überlebte. Und das war mehr als zweifelhaft, so wie das Flugzeug schlingerte und kurvte. »*Jesus, save us*«, hörte sie den Mann neben sich flüstern.

Sie machte die Augen wieder auf. Die Hand ihres deutschen Sitznachbarn war leer, er kaute mit vollen Backen. Amerika würden die armen Gummifrösche nicht mehr erleben.

Wegen der anhaltenden Turbulenzen wurde das Essen in großer Hektik ausgeteilt. Die beiden Dicken fielen sofort wie die Wölfe über ihre Tabletts her, als befürchteten sie, dass man ihnen das Essen wieder wegnehmen könnte. Zu Recht, wie sich herausstellte. Cosima hatte gerade einmal in ihr Ciabatta-Brötchen gebissen, als die Stewardessen die Tabletts auch schon wieder einsammelten. »Vorerst keine Getränke, wir bitten um Verständnis«, erklärten sie.

»Es besteht überhaupt kein Grund zur Beunruhigung«, säuselte der Pilot übers Bordmikrofon, aber keiner glaubte ihm.

Der dicke Amerikaner versank nach dem Essen sofort in eine tiefe Depression, vielleicht betete er auch wieder. Der dicke Deutsche aß drei Packungen Erdnüsse. Cosima setzte ihre Kopfhörer auf und sah sich einen Spielfilm mit Ashton Kutcher an. Die weibliche Hauptdarstellerin sah aus wie Eva-Marie, es war gespenstisch. Immer wenn sie im Bild war, machte Cosima die Augen zu, und weil Eva-Marie praktisch ständig im Bild war, verlor sie ziemlich schnell den Faden. Immerhin hatte Ashton Kutcher keine Ähnlichkeit mit Louis.

Das Flugzeug vollführte immer wildere Manöver. Wundersamerweise schlief sie trotzdem kurz vor der Schlussszene ein und wachte erst dreieinhalb Stunden später wieder auf.

Die Welt hatte sich gegen Cosima verschworen. Nachdem sie den schrecklichen Flug überstanden hatte, war ihr Koffer als letztes Gepäckstück aus dem Laderaum gekommen. Dann gab es nirgends mehr einen Gepäckwagen, und weil zwei der

Kofferrollen blockiert waren, musste Cosima das schwere Stück eigenhändig zum Zoll schleppen. Wenigstens hatte sie den zweiten Koffer in Deutschland zurückgelassen. Der hätte ihr jetzt den Rest gegeben.

Und nun der Hund. Ihre Mutter hatte sie ja vorgewarnt, dass der amerikanische Zoll Hunde einsetzte, die die Gepäckstücke der Einreisenden nach Lebensmitteln abschnüffelten. »Pack bloß nichts Essbares ein«, hatte sie gesagt. Und daran hatte Cosima sich auch gehalten. Jedenfalls fast. Sie hatte nur die Milka Marzipan mitgenommen, die Louis ihr mitgebracht hatte. Ein Geschenk des Liebsten durfte man schließlich nicht zurücklassen, das war ja wohl keine Frage. Sie hatte die Schokolade in Alufolie eingewickelt und in ihrem Kulturbeutel versteckt. Und der Kulturbeutel lag unter den Kleidern mitten im Koffer. So was konnte kein Hund der Welt riechen.

Konnte er doch. Der blöde Köter bellte so laut, als ob er drei Kilo Kokain erschnuppert hätte. »*Please open, Miss!*« Der muskulöse Zollbeamte hatte offensichtlich denselben Verdacht, so finster, wie er Cosima jetzt musterte.

Koffer auf. Hosen, Schuhe, Blusen, T-Shirts, Unterwäsche, Kulturbeutel raus. Kulturbeutel auf. Schminkzeug, Zahnbürste, Zahnpasta, Tampons, Haarspangen, Parfüm raus. »*What's this?*«

»*Chocolate*«, sagte Cosima. »*From my boyfriend.*« Sie lächelte den Beamten an und blinzelte ihm dabei zu.

Der Mann verzog keine Miene. Mit spitzen Fingern ließ er die Schokolade in eine Kiste fallen, in der bereits ein Sammelsurium von Lebensmitteln lag. Willkommen in den Vereinigten Staaten.

Nachdem der finstere Kontrolleur Cosima entlassen hatte, wurde sie von drei Immigrationsbeamten verhört. Die Fragen prasselten nur so auf sie ein: Warum sie in die Vereinigten Staaten einreise, wie lange sie bleiben wolle, wo sie untergebracht sei.

»*Enjoy your stay*«, sagte die Beamtin, die die Absperrung für Cosima öffnete.

Du mich auch, dachte Cosima.

Der schreckliche Start hatte aber auch etwas Gutes, versuchte sie sich zu trösten, als sie in die Ankunftshalle trat. Viel schlimmer konnte es nun wirklich nicht mehr werden.

Aber da täuschte sie sich gründlich.

11:45 a. m. EST
SMS von Cosima an Maggie

bin gelandet. frösche im Flugzeug. ein zollbeamter hat mich bestohlen. alles horror. aber das wahre grauen heißt: Rosie! später mehr. Cos

Maggie starrte mit müden Augen auf die rätselhafte Nachricht, die Cosima ihr geschickt hatte. Wer war denn Rosie? Hoffentlich schrieb Cosima gleich noch ausführlicher.

Sie gähnte. Obwohl sie am Vormittag nur zwei Stunden Schule gehabt hatten, fühlte sie sich wie nach einem fünfstündigen Dauerlauf. Viel zu wenig Schlaf.

Sie schaltete ihren Computer an, um Cosima zu antworten. Aber dann blickte sie nur aus brennenden Augen auf den blinkenden Bildschirm. Was sollte sie Cosima schreiben? Wie der erste Schultag nach den großen Ferien gewesen war? Genau wie immer eben.

Liebe Cos,

ich muss mein Versprechen brechen, ich kann nicht für dich auf Louis aufpassen. Weil ich nämlich selbst in ihn verliebt bin. Ich weiß natürlich, dass ich keine Chancen bei ihm habe, aber er ist mein absoluter Traumtyp. Bitte sei mir nicht böse. Aber wenn wir Freundinnen bleiben wollen, dann muss ich mich von ihm fernhalten.

Schrieb Maggie. Und löschte die Mail sofort wieder. Undenkbar. Das konnte sie nicht bringen, nicht an Cosimas erstem Tag in New York. Und auch später nicht. Sie musste sich irgendeine Ausrede einfallen lassen, die Wahrheit konnte sie nicht schreiben.

Sie stand auf und ging zum Fenster. Von ihrem Zimmer blickte sie auf einen trostlosen Spielplatz mit einem rostigen Klettergerüst und einem verdreckten Sandkasten, in dem ein kleiner Junge spielte. Seine verschleierte Mutter saß auf der Bank und simste. Was Louis jetzt wohl gerade machte? Vielleicht traf er sich mit Freunden oder hing vor dem Fernseher. Vielleicht stand er ebenfalls am Fenster und dachte an Cosima, die irgendwo in New York am Fenster stand und an Louis dachte.

Maggie seufzte.

Vom Flughafen hatte Louis sie wieder zurück in die Stadt gebracht. Als sie vor ihrem Haus angekommen waren, ging gerade die Sonne auf. In der Morgensonne leuchteten seine Haare wie flüssiges Gold. So schön. Maggie gab ihm seinen Helm zurück. »Vielen Dank fürs Mitnehmen.«

»Keine Ursache.« Sie sah, dass er mit Mühe ein Grinsen unterdrückte.

»Was?«, fragte sie.

»Entschuldige. Aber ich frage mich gerade, was röter ist. Deine Haare oder die Beule.«

Ihre Hand fuhr betroffen zu ihrer Stirn.

»Sorry«, meinte er, als er ihr gekränktes Gesicht sah. »Tut es noch sehr weh?«

»Nee, ich spür es kaum noch«, log sie.

»Glaub ich dir nicht.« Er nagte an seiner Unterlippe. »Meine Mutter ist Unfallchirurgin.«

»Ja und?«

»Sie ist jetzt zu Hause. Wenn du mitkommst, kann sie sich die Beule mal anschauen.«

»Und dann? Meinst du, sie kann sie wegoperieren?«

Er lachte. »Vielleicht.« Er gab ihr den Helm wieder zurück. »Komm, steig auf. Wer weiß, am Ende hast du eine Gehirnerschütterung. So wie Cosima dir die Tür gegen den Schädel gedonnert hat, würde es mich nicht wundern.«

Maggie zögerte.

»Was ist los?«, fragte Louis. »Hast du etwa Angst vor mir?«

»Quatsch«, sagte Maggie und schüttelte den Kopf. Angst hatte sie nur vor sich selbst.

»Meine Güte, da hast du ja ganz schön was abgekriegt!« Louis' Mutter schüttelte fassungslos den Kopf. »Warum seid ihr nicht schon gestern zu mir gekommen?«

»Das sieht schlimmer aus, als es ist«, beteuerte Maggie.

»Da bin ich anderer Meinung. War dir gestern Abend noch übel? Oder heute Nacht? Schwindel? Hattest du Sehstörungen?«

»Nichts. Meine Haut ist superempfindlich. Ich krieg immer sofort blaue Flecken und so.«

Frau Prüss zuckte mit den Schultern. »Das mag ja sein. Aber ihr hättet Maggie gestern trotzdem zum Arzt bringen müssen, Louis. Das nächste Mal erwarte ich ein bisschen mehr Verantwortungsbewusstsein von dir.«

»Aye, aye Sir!« Louis stand stramm und salutierte.

»Das ist nicht witzig, Louis.«

»Nein, ich weiß. Aber Maggie scheint's ja überlebt zu haben. Zum Glück. Also, wenn du dann fertig mit deiner Predigt bist, mach ich uns mal einen Kaffee.«

Frau Prüss blickte auf ihre Uhr. »Es ist schon halb acht. Müsst ihr nicht zur Schule?«

»Erst um halb zehn. Erster Schultag, da ist noch alles easy. Willst du auch einen Kaffee?«

»Nee, ich muss los.« Sie gab Maggie die Hand. »Mach's gut. Und wenn dir schlecht wird, rufst du mich sofort an, verstanden?«

Die Küche war sonnengelb gestrichen, vor den hohen Fenstern hingen blau-weiß getupfte Vorhänge, die Tischdecke hatte ein Erdbeermuster. Eine schmale Tür führte auf einen Balkon, auf dem Kübel mit Margeriten, Schnittlauch und Tomaten standen.

Maggie saß auf einem Barhocker an der Küchentheke. Sie sah Louis dabei zu, wie er Espresso kochte und Milch aufschäumte.

»Voilà, die Dame.« Er reichte ihr ein Glas Latte macchiato herüber.

»Danke.« Das Glas war ziemlich heiß, aber weil sie so nervös war, nahm sie trotzdem einen großen Schluck Kaffee und verbrannte sich prompt die Zunge! »Ah, verdammt.«

»Vorsicht! Du bist aber auch ein Unglücksrabe. Zeig mal deine Zunge. Sollen wir gleich meine Mutter anrufen?«

»Lass mal«, sagte Maggie. Es klang wie *laff mal.* »Sie ist supernett, finde ich.«

»Sie kann auch anders. Aber meistens ist sie ganz in Ordnung.«

»Was macht eigentlich dein Vater?«

»Nichts.«

»Arbeitslos?«

»Tot.«

»Oh Gott.« Maggie schlug die Hand vor den Mund. »Das wusste ich nicht. Tut mir leid.«

»Dafür kannst du doch nichts. Er ist gestorben, als ich sechs war. Ich kann mich kaum noch an ihn erinnern. Und bei dir?«

»Meine Eltern leben getrennt. Mein Vater wohnt in Hamburg, ich seh ihn nur alle paar Monate.«

»Du hast noch eine Schwester, oder?«

»Genau. Lucie. Geht auch auf unsere Schule, aber erst in die Siebte.«

»Ich bin Einzelkind. Leider.«

Maggie nahm noch einen Schluck Kaffee, diesmal sehr vorsichtig.

»Möchtest du was essen?«, fragte Louis. »Hab ganz vergessen zu fragen. Aber ich krieg morgens nichts runter.«

»Ich auch nicht«, sagte Maggie, die eigentlich gerne und ausgiebig frühstückte. Aber jetzt hätte sie auch keinen Bissen essen können. Louis war einfach zu viel für sie.

»Sollen wir uns auf den Balkon setzen?«, fragte er. »Oder ist dir das zu kalt?«

»Quatsch. Ist doch wunderbar draußen.«

Sie trugen ihre Kaffeegläser nach draußen. In den Geranien am Balkongitter summte eine frühe Biene. »Schön hier«, sagte Maggie verträumt.

Louis blickte auf seine Uhr. »Cosima ist jetzt schon in der

Luft. Mann, ich wär am liebsten mitgeflogen. Ich war noch nie in New York.«

»Ich auch nicht. Aber du wirst sie doch besuchen?«

»Wenn ich die Kohle zusammenkriege, auf jeden Fall. So eine Chance kriegst du doch nicht so schnell wieder.«

»Cosima hat wirklich Glück«, meinte Maggie. Vor allem mit dir, fügte sie in Gedanken hinzu. Auf einmal spürte sie eine solche Welle von Eifersucht in sich hochsteigen, dass ihr ganz heiß wurde. Hastig senkte sie den Blick auf das Kaffeeglas. Gut, dass Louis keine Gedanken lesen konnte.

»Bin ja mal gespannt, wie es ihr geht«, sagte Louis.

19:39 MEZ

SMS von Maggie an Cosima

frösche? diebstahl? Rosie? verstehe nur bahnhof. wie geht es dir? melde dich bitte! hier ist alles bestens. bin nur todmüde! xxx Mag

4

Cosima reckte den Kopf und spähte durch die Tür des Gates in die Ankunftshalle. In der Menschenmenge, die hinter der Abtrennung auf die Passagiere wartete, waren ihre Gasteltern nicht zu sehen. Sie mussten weiter hinten stehen. Vielleicht hatten sie sich auch verspätet. Obwohl Cosima selbst schon spät dran war. Nach der Geschichte mit der Schokolade war sie als allerletzter Fluggast aus der Zollkontrolle entlassen worden.

Nun trat sie durch die Glastüren in die Halle. Pam und Joe waren nicht da. Cosima hatte in der vergangenen Woche zweimal mit ihren Gasteltern geskypt; sie hätte sie auf jeden Fall sofort erkannt. Pam war groß und schlank, braun gebrannt mit langen blonden Haaren. Ein Musicalstar, das sah man sofort. Ihr Mann Joe war um einiges älter als sie, ein George-Clooney-Typ mit grauen Schläfen. Ein wunderschönes Paar. Nur leider nicht da.

Vielleicht hatten sie ja ihre Kinder geschickt, um Cosima abzuholen. Oder einen Chauffeur. Wieder blickte sie sich um. Da drüben stand eine dicke Frau mit knallrot gefärbten Haaren und bunter Bluse, die ihr zuwinkte, als wären sie alte Bekannte. Cosima wandte hastig den Blick ab. Wie unangenehm.

Seltsam, dass ihre Gasteltern sie nicht persönlich abholten. Aber sie hatte ja eine Handynummer für den Notfall. Cosima kramte ihr Telefon aus der Tasche und tippte die Nummer ein. Hoffentlich waren die beiden irgendwo in der Nähe und hatten sie nicht komplett vergessen. Ihre Wohnung lag in der Nähe vom Central Park, es dauerte bestimmt eine Stunde, um von dort zum Flughafen zu kommen. Cosima hatte nicht die geringste Lust, sich so lange die Beine in den Bauch zu stehen.

»*Hi there.* Cosima?«

Sie fuhr herum. Hatte da jemand ihren Namen gerufen? Unsinn, sie musste sich täuschen. Die Menschenmenge vor dem Gate hatte sich fast aufgelöst, da stand nur noch die rothaarige Dicke. Jetzt kam sie mit großen Schritten auf Cosima zu, ein strahlendes Lächeln auf den Lippen.

»*You are Cosima, aren't you?*«

Nun gab es doch keinen Zweifel mehr. Die Frau meinte sie.

Eine Hausangestellte, dachte Cosima. Vielleicht ist sie die Putzfrau oder die Hausmeisterin, die eingesprungen ist, weil Pam keine Zeit hatte.

»*Yes*«, erwiderte sie zögerlich.

»*Great!*«, jubelte die Fremde.

Pam und Joe mussten ziemlich tolerant sein, wenn sie diese Frau für sich arbeiten ließen. Sie sah nämlich total durchgeknallt aus. Sie war sehr groß, deutlich übergewichtig und trug ein Seidenkleid in knalligem Pink, das mit türkisfarbenen Blumen bedruckt war, dazu eine gestreifte Hose und grüne Ballerinas. Ihre Rastalocken waren orange gefärbt und von den Ohrläppchen hingen grüne Plastikohrringe bis auf die Schultern.

Und ihre Stimme! Viel zu tief für eine Frau. Und vor allem viel zu laut. »*O my God, I'm so glad you're here. I've been waiting for hours!*«, dröhnte sie.

Cosima streckte ihr die Hand hin, aber die Irre ignorierte sie einfach. Stattdessen packte sie sie bei den Schultern und drückte sie an ihren mächtigen Busen, als wäre sie ihre Tochter und gerade dem sicheren Tod entronnen. »*I'm Rosie. Nice to meet you.*«

»Rosie?«, stammelte Cosima. Der Geruch, den die Fremde verströmte, war erstickend. Eine Mischung aus Patschuli, Kaffee, Pfefferminze und Schweiß.

»*You're going to stay with me!*«, brüllte Rosie so laut, als befände sich Cosima auf der anderen Seite der Halle und nicht fünf Zentimeter von ihr entfernt.

You're going to stay with me, wiederholte Cosima in Gedanken. Wenn sie nicht auf einen Schlag ihr komplettes Englisch verlernt hatte, dann hieß das: »Du wirst bei mir wohnen.« Aber das war unmöglich.

»Wo sind Pam und Joe?«, stotterte sie. Ach nein, mit Deutsch kam sie hier nicht weiter. »*What about …*«

»*… Pam and Joe*«, ergänzte Rosie. Ihr strahlendes Lächeln verwandelte sich im Bruchteil einer Sekunde in einen Ausdruck der Betrübnis. »*They didn't make it.*«

They didn't make it. Sie haben es nicht geschafft.

»*You will bring me to them?*«, fragte Cosima hoffnungsvoll.

»*No. You'll stay at my house.*« Nun strahlte Rosie wieder.

»Was?«, stotterte Cosima.

»Deutsch«, sagte Rosie und strahlte. »*Ik spreke auk ain biskn.*« Mit Zeigefinger und Daumen zeigte sie einen schmalen Spalt an. »*Ik lerne in di skulej.*«

Cosima brauchte eine ganze Weile bis sie die Bedeutung dieser Mitteilung entschlüsselt hatte. Rosie hatte Deutsch in der Schule gelernt. Oder vielmehr nicht gelernt. Ihr amerikanischer Akzent war einfach nur grauenvoll.

»*But why can't I stay with Pam and Joe?*« Cosima wechselte nun doch lieber ins Englische.

»*Joe had to fly to Sidney. Got a new job there. And Pam's coming with him*«, verkündete Rosie stolz. »*But I'm pleased to step in.*«

Pam und Joe hatten also plötzlich keine Zeit mehr für sie. Und Rosie freute sich, einspringen zu können. Na super, dachte Cosima. Ob es irgendjemanden in dieser Stadt interessierte, wie es ihr bei der Sache ging? Wenn sie vorher auch nur ein Foto von Rosie gesehen hätte, wäre sie gar nicht erst losgeflogen.

»*I am sure, we'll have a wonderful time together*«, erklärte Rosie.

Rosie war Künstlerin. *An artist,* teilte sie Cosima mit. Cosima fragte nicht nach, ob Rosie malte, Theater spielte oder Ballett tanzte. Es interessierte sie nicht. Ich muss hier so schnell wie möglich weg, dachte sie, während sie im Taxi nach Manhattan eine hastige SMS an Maggie schrieb.

»*I live in Soho*«, erklärte Rosie jetzt. Zu Cosimas Erleichterung hatte sie vorne neben dem Fahrer Platz genommen und Cosima hatte die Rückbank des Taxis für sich allein. *»Do you know Soho?«*

»I'm sorry, no.«

»It's a pretty cool place«, versprach Rosie. *»Isn't it?«*, fragte sie den schwarzen Taxifahrer und stieß ihm dabei ihren Ellenbogen in die Seite, dass er vor Schreck fast in einen Doppeldeckerbus crashte.

»Absolutely cool«, beteuerte er, wobei er erschrocken die Augen aufriss. Danach zwinkerte er Cosima im Rückspiegel zu. Sie fragte sich, was das Zwinkern bedeuten sollte. Ob er damit sagen wollte, dass Soho in Wirklichkeit die übelste Gegend der ganzen Stadt war oder dass er Rosie einfach nur für bescheuert hielt. Oder beides.

Ob Rosie allein wohnte? Vielleicht wartete in ihrer Wohnung ja ein ebenso durchgeknallter Rasta-Mann auf Cosima. Und sieben Kinder, alle mit rot gefärbten Haaren.

Egal, ganz egal, dachte Cosima. Ich muss hier weg.

From: Cosima
Date: 03.09. 06:38:09 p. m. EST
Subject: Horror!
To: Maggie

Liebe Schildkröten-Maggie,

endlich ein Lebenszeichen aus New York. Du kannst dir nicht vorstellen, wo ich gelandet bin! Im Moment sitze ich im

Coffeeshop gegenüber von Rosies Haus, zwischen allen möglichen schmierigen Typen, aber zumindest bin ich ONLINE! In einer halben Stunde kommt Rosie und bringt mich wieder zurück in die finsterste Steinzeit ohne Internet und Elektrizität, in der ich die nächsten sechs (SECHS!!!) Monate verbringen soll. Ach nee, das mit der Elektrizität ist natürlich übertrieben. Aber nur fast.
Du verstehst nur Bahnhof? Ich auch. Diese Amerikaner sind mir ein Rätsel. Aber ich fang mal der Reihe nach an.
Der Flug war der absolute Horrortrip. Als ich lebend in NY ankam, dachte ich eigentlich, ich hätte das Schlimmste überstanden, aber dann kam der Mega-Monster-Gau.
Katastrophe Nr. 1: Rosie. Meine neue *Mum,* wie sie sich nennt. Rosie sieht aus wie eine Kreuzung aus Evis Rainbow-Wellensittich und einem Walross, alle Leute haben sich auf dem Flughafen nach ihr umgedreht. Dagegen ist Lady Gaga eine graue Maus.
Katastrophe Nr. 2: Rosies Wohnung. Ein unglaubliches Loch. Vier kleine Zimmer mit Diele, eine schuhschachtelgroße Küche und ein für das menschliche Auge kaum noch wahrnehmbares Bad. Und alles ist bis in den letzten Winkel vollgestopft mit Möbeln, Gerümpel und Schrott.
Wenn man zur Tür reinkommt, läuft man gegen eine Schaufensterpuppe, die Rosie als Garderobe benutzt. Darunter liegen etwa achttausend Paar Schuhe in allen Größen und zwei Säcke mit Kartoffeln, gab's wohl im Sonderangebot im Supermarkt. Vielleicht ist es auch mein Begrüßungsgeschenk. *The Germans love potatoes,* weiß man ja.

Mein Zimmer liegt neben dem Bad. Wenn Rosie duscht, vibrieren bei mir die Wände. Ich hab kein Bett, nur eine Matratze am Boden, und auch keinen Schrank, da stehen bloß ein paar leere Obstkisten, super! Und vor dem Fenster hängt ein Vorhang aus Müll! Rosie hat ihn aus alten Plastikflaschen gebastelt. Soll wahrscheinlich Kunst sein.
Caspar, Rosies Sohn, ist gerade nicht da. Sie hat mir erklärt, was er macht, aber ich hab's nicht verstanden. Ist ja auch egal – wenn er nur halb so durchgeknallt ist wie seine Mum, will ich ihn gar nicht kennenlernen. Aber das alles ist gar nichts im Vergleich zu Katastrophe Nr. 3:
Es gibt kein Internet. Kein W-LAN, nicht mal ein Modem. NICHTS! *»I don't believe in that kind of stuff«*, meinte Rosie, als ich sie fragte, wo ich meinen Laptop einstöpseln kann. *Ich glaub nicht an so was.* Als ob ich nach Gott oder Jesus gefragt hätte. *»Bad vibrations«*, sagt sie. All diese elektrischen Wellen.
Sie hat keinen Computer, nicht mal einen Fernseher!!! Facebook kann ich vergessen, Skype genauso. Jedes Mal wenn ich eine Mail schreiben will, muss ich in diesen Coffeeshop. Immerhin hat er bis spät in die Nacht auf.
Meine Ma rastet aus, wenn ich ihr erzähle, dass ich hier alleine rumsitze – mitten in New York! Obwohl – das ist *die* Idee! Vielleicht holt sie mich dann ja wieder nach Hause. Ich muss ihr sofort schreiben. Und Louis natürlich auch. Ich werd jedenfalls keine Sekunde länger hierbleiben als unbedingt nötig!!! Ich vermisse euch alle wahnsinnig!
Cosima :(

PS: Montag fang ich mit der Schule an. Meine letzte Hoffnung. Da wird's doch wohl einen Computerraum geben. Vielleicht kann ich ja dort einziehen und so lange bleiben, bis ich endlich wieder nach Hause kann. Drück mir die Daumen!!!

PPS: Danke für die amerikanische Schildkröte! Sie sitzt jetzt auf dem Stuhl neben meinem Bett und erinnert mich an dich. Ich wünschte, du wärst an ihrer Stelle hier!

Von: Maggie
Datum: 04.09 06.55:33 MEZ
Betreff: Re: Horror!
An: Cosima

Liebe Cosima,

bin gerade aufgewacht, hab deine Mail gelesen und bin geschockt! Kein Internet in der Wohnung – das ist echt hart! :((Aber zum Glück gibt es diesen Coffeeshop.
Hoffentlich sind die Mädchen in deiner Klasse nett. Vielleicht findet sich ja jemand, der dich für die nächsten Monate adoptiert und von der schrecklichen Rosie erlöst? Überleg dir gut, ob du aufgibst und wieder zurückkommst. Hier ist es nämlich auch nicht besser. Wir haben den Becker als neuen Stufenleiter, Ätze-Fresse in Volleyball und Frau Reimann in Chemie und Bio. Und ich sitz in vier Kursen zwischen Kettler

und Bolle, weil Becker der Meinung ist, dass ich ausgleichend auf die beiden wirke. Wie die beiden auf MICH wirken, interessiert ihn natürlich kein Stück. :(((
Heute haben wir auch erfahren, dass Herr Brechtermaßen die Theater-AG wiederbeleben will. Zum Schuljubiläum im Dezember soll was von Shakespeare einstudiert werden. Eva-Marie hat sich natürlich sofort angemeldet, die eingebildete Kuh. Und Brechtermaßen hat Louis beackert, dass er ebenfalls einsteigt, weil sie viel zu wenige Jungen haben. Aber ich glaub, er hat keine Lust.
Meine Ma ruft, ich muss zum Frühstück und dann zur Schule. Meld dich so bald wie möglich wieder. Und lass dich bloß nicht unterkriegen. Du weißt ja – es kommt eh immer anders, als man denkt. (Meistens schlimmer, haha.) Morgen in der Schule lernst du erst mal neue Leute kennen, das wird bestimmt supercool. Mensch, New York – ich kann es immer noch nicht fassen, dass du jetzt dort bist. :D

Liebe Schildkrötengrüße xxx
Maggie

01:45 p. m. EST
SMS von Cosima an Maggie

E-M mit L in der theater-ag? meld dich auch an. sofort!!!
Cos

»Ich weiß gar nicht, ob mir das nicht alles zu viel wird«, trompetete Eva-Marie so laut, dass die ganze Cafeteria es hören konnte. »Neben der Turnierreiterei noch eine Hauptrolle in einem Shakespeare-Stück – meine Mutter rastet aus, wenn ich mir das zusätzlich aufhalse.«

»Aber Brechtermaßen will dich unbedingt in der AG haben«, sagte Annalena. »Er findet dich so klasse! Vielleicht kannst du die Reiterei ja ein bisschen einschränken. Ich meine, nur zeitweilig, bis die Aufführung vorbei ist?«

»Spinnst du? Im November findet in Krefeld das European Western Tournament statt, da muss ich einfach dabei sein. Das gibt's nur alle vier Jahre. Und wenn ich unter die ersten zehn komme, kann ich im Winter beim Youth World Cup in Texas starten.«

»Wer sagt denn, dass du überhaupt die Hauptrolle kriegst?«, fragte Sophie spitz. »Wir müssen schließlich alle vorspielen, damit Brechtermaßen sich ein Bild machen kann.«

»Das stimmt«, gab Eva-Marie zu. »Aber ich bin halt nun mal die Einzige mit Schauspielerfahrung.«

Maggie und Lidan, die am Nachbartisch saßen, rollten synchron mit den Augen. Schauspielerfahrung! Als Kind war Eva-Marie in Werbespots aufgetreten, sie hatte vor der Kamera Joghurts gelöffelt und Fruchtbonbons ausgewickelt. Das war's auch schon.

Eva-Marie warf ihre seidenweichen, braunen Locken über die Schulter. Weil sie genau hinter ihr saß, konnte Maggie ihr Gesicht nicht sehen. Sie war sich trotzdem sicher, dass Eva-Marie herablassend lächelte. »Das Wichtigste auf der

Bühne ist doch die Ausstrahlung. Dieses gewisse Etwas. Na ja, und das hab ich durch die Filmerei einfach drauf.«

»Oh Mann, ich beneide dich. Ich sterbe jedes Mal vor Angst, wenn ich auch nur ein Referat halten muss«, seufzte Annalena.

»Alles Übungssache«, meinte Eva-Marie. »Und eine Spur Talent.« Sie lachte so affektiert, dass Maggie ihr am liebsten ihren heißen Kakao in den Kragen geschüttet hätte. Mit dieser Kuh war Louis zusammen gewesen? Das war ja nicht zu fassen. »Na ja, also die ganzen Proben und Aufführungen und dann noch die Turniere, das wird ganz schön hart. Und nebenbei muss ich ja auch noch ein bisschen was für die Schule tun.«

»Echt Wahnsinn, wie du das alles schaffst.« Annalena hatte ihren Text wirklich gut gelernt. Sie war nicht umsonst Eva-Maries beste Freundin. »Ich find das irre.«

»Also, ich versuch auf jeden Fall eine Rolle zu kriegen«, meinte Sophie. Jetzt drehte sie sich zu Maggie um. »Was ist eigentlich mit dir, Maggie? Brechtermaßen hat dich die ganze Zeit angeguckt, als er sein Projekt vorgestellt hat.«

»Mich?« Maggie stellte ihren Kakaobecher so abrupt auf den Tisch, dass er überschwappte. »Das ist doch Quatsch!«

»Kein Quatsch«, meinte Lidan. »Der Brechtermaßen findet dich super, seit du damals den Erlkönig rezitiert hast.« Sie breitete theatralisch die Arme aus. »*Wer reitet so spät durch Nacht und Wind, es ist der Vater mit seinem Kind.* Hu, mich gruselt es jetzt noch, wenn ich an deinen Vortrag denke.«

»Das war in der sechsten Klasse!«, sagte Maggie. »Ich glaube nicht, dass sich Brechtermaßen überhaupt noch daran erinnert.«

»Natürlich weiß er das noch«, sagte Sophie. »Das hat keiner vergessen, der damals dabei war.«

Maggie zuckte mit den Schultern. Sie selbst erinnerte sich leider auch noch allzu gut an ihren Auftritt von damals. Ihr Deutschlehrer hatte sie aufgefordert, die Ballade vom *Erlkönig* auswendig zu lernen und einen »originellen« Vortrag vorzubereiten. *Originell* – das hatte Maggie wörtlich genommen. Während ihre Klassenkameraden das Gedicht mehr oder weniger gelangweilt heruntergeleiert hatten, hatte sie bei ihrer Rezitation gesäuselt, geheult, geraunt, geächzt und gewimmert. Und war im Klassenzimmer auf- und abgerannt wie eine Verrückte. Brechtermaßen war beeindruckt gewesen, der Rest der Klasse fand ihren Auftritt allerdings eher daneben.

»Dass sich manche Leute immer so aufspielen müssen, nur um eine gute Note abzusahnen«, hatte Ellen hinterher gesagt. Natürlich nicht zu Maggie selbst, sondern zu Leonie, aber Maggie hatte zufälligerweise hinter den beiden gestanden und hatte sie gehört. Seitdem hatte sie sich von Auftritten aller Art ferngehalten.

»Das Casting ist am Freitag«, sagte Sophie jetzt. »Du kannst es dir doch einfach mal anschauen.«

Nee danke, wollte Maggie gerade antworten, aber dann erinnerte sie sich an Cosimas SMS vom Vorabend. *Meld dich auch an. Sofort!!!*

Seit Cosima in New York war, hing Eva-Marie wie eine Klette an Louis. Ständig lud sie ihn zum Eisessen oder ins Kino ein: »Eigentlich wollte Annalena mich begleiten, aber jetzt hat sie doch was anderes vor. Wär doch schade, wenn die Karte verfällt.«

Lächerlich, versuchte Maggie sich einzureden. Auf so was fällt Louis ganz bestimmt nicht rein. Aber tief in ihrem Herzen nagte der Zweifel. Immerhin waren die beiden schon einmal ein Paar gewesen, er war also durchaus empfänglich für ihre Reize. Alte Liebe rostet nicht, hieß das Sprichwort.

»Ich kann ja mal vorbeischauen«, sagte Maggie zögerlich zu Sophie.

»Vorbeischauen?«, fragte Eva-Marie spitz, die offensichtlich jedes Wort mitbekommen hatte, obwohl sie sich nicht zu Maggie umgewandt hatte. »Wenn du nur vorbeischaust, kriegst du aber keine Rolle. Hast du nicht gehört? Diesmal gibt es ein richtiges Casting. Wer mitmachen will, muss vorspielen.«

»Aber nicht, wenn er nur beim Bühnenbild oder bei den Kostümen mitarbeiten will«, sagte Maggie ruhig.

»Nee, das ist natürlich was anderes«, meinte Eva-Marie verächtlich. Dann erhob sie sich und Annalena, die Eva-Marie immer alles nachmachte, sprang ebenfalls auf.

»Die blöde, eingebildete Ziege«, sagte Sophie, als die beiden ein paar Meter entfernt waren. »Ich hoffe bloß, dass die die Hauptrolle nicht kriegt.«

»Du musst unbedingt gegen sie antreten, Maggie«, stimmte ihr Lidan zu.

»Auf keinen Fall«, erklärte Maggie. »Bühnenbild oder Beleuchtung oder so was ist okay. Aber ich stell mich ganz bestimmt nicht auf die Bühne.«

»Abwarten«, meinte Sophie. »Wenn Brechtermaßen dich in der Theater-AG sieht, dann wird er dich so lange beackern, bis du auftrittst.«

Maggie winkte ab. Und wenn Brechtermaßen sich auf den Kopf stellte, sie würde sich bestimmt nicht vor der ganzen Schule zum Narren machen. Aber Eva-Marie und Louis würde sie trotzdem im Auge behalten. Nicht nur, weil sie es Cosima versprochen hatte. Die Vorstellung, dass diese Oberzicke Louis umgarnen und einwickeln könnte, war einfach unerträglich. Das durfte nicht passieren.

5

No Make-up. Keine Schminke. So stand es in dem Schulvertrag, den ihnen die Verwaltung der St. Barbara Highschool nach Deutschland geschickt hatte. Cosima war fassungslos gewesen. »Das ziehen die bestimmt nicht so hart durch«, hatte ihre Mutter sie getröstet. »Aber am Anfang würd ich mich schon dran halten.«

Das Problem war nur: Ganz ohne Schminke sah Cosima total bescheuert aus. Wie eine Elfjährige. Und das an ihrem ersten Schultag, wo doch jeder wusste, dass der erste Eindruck der entscheidende war. Ein Hauch von Mascara und Lipgloss würde doch wohl keinen stören, dachte sie. Und griff bereits nach dem Schminkstift, aber dann musste sie an den Drogenhund am Flughafen denken. Vielleicht lieber doch nicht.

Stattdessen schlüpfte sie in die Schuluniform, die Rosie ihr am Tag zuvor mit der Bemerkung: *»These clothes look just furkterlik«* überreicht hatte.

Damit hatte sie ausnahmsweise einmal Recht. Die Uniform sah einfach nur grausam aus: weiße Bluse, weinroter Pullunder und ein karierter Faltenrock. Dazu eine karierte Krawatte und Kniestrümpfe. Als Cosima sich darin im Spiegel betrachtete, hätte sie fast geweint. Sie sah absolut spießig und langweilig aus. Der einzige Trost war, dass die anderen Mädchen genauso bescheuerte Uniformen trugen.

»*There you go*«, sagte Rosie, als Cosima in die Küche trat. Sie bot Cosima einen Bagel mit Frischkäse an, aber die schüttelte den Kopf. Sie war viel zu nervös, um auch nur einen Bissen runterzukriegen. *Hoffentlich sind die Mädchen in deiner Klasse nett*, hatte Maggie geschrieben. *Vielleicht findet sich ja jemand, der dich adoptiert.* Das ist meine einzige Chance, dachte Cosima, während sie mit Rosie die Wohnung verließ. Ihre Eltern hatten ihr bereits klargemacht, dass sie nicht einfach wieder nach Hause reisen konnte. »Du wolltest unbedingt in die USA«, hatte ihr Vater erklärt, als Cosima ihn verzweifelt angerufen hatte. »Jetzt wird nicht sofort die Flinte ins Korn geworfen. Beiß dich erst mal durch. Das wird schon.«

Das wird schon, hatte auch ihre Mutter zurückgeschrieben, nachdem Cosima sich über Rosie, die schreckliche Wohnung und den Coffeeshop beklagt hatte.

Und Maggie sagte im Grunde das Gleiche. *Hier ist es nämlich auch nicht besser.* Habt ihr eine Ahnung, dachte Cosima wütend.

Rosie zog die schwere Haustür auf, der Lärm der Hudson Street schwappte ihnen entgegen. Und eine Welle heißer Luft. Obwohl es bereits Mitte September war, herrschten in New York noch hochsommerliche Temperaturen. Cosima begann sofort zu schwitzen. Neben ihr rannte Rosie plötzlich los, sprintete zur Straße und warf sich direkt vor ein gelbes Taxi, das wenige Millimeter vor ihr mit quietschenden Reifen zum Stehen kam.

»Park Avenue«, keuchte sie atemlos, nachdem sie und Cosima eingestiegen waren. »St. Barbara High.«

Der Fahrer nickte, gab Gas – und blieb dann direkt wieder stehen. Die Straßen waren vollkommen überfüllt, der Verkehr kroch durch Manhattan wie eine uralte Schildkröte durch die Wüste Gobi. Rosie lehnte sich nach vorn und begann wild auf den Mann einzureden. Ob es nicht irgendeinen anderen besseren, schnelleren Weg gäbe. »*We're late!*« Aber da der Wagen keine Flügel ausfahren und abheben konnte, musste der Fahrer passen. Nachdem sie in einer Viertelstunde gerade einmal dreihundert Meter weit gekommen waren, warf Rosie ihm entnervt ein paar Scheine in den Schoß, zerrte Cosima an der Hand aus dem Auto und rannte mit ihr zur nächsten Subway-Station.

Minuten später quetschten sie sich in eine U-Bahn. Cosima schwitzte jetzt wie nach zwei Doppelstunden Volleyball mit Ätze-Fresse. Die weiße Bluse klebte ihr am Körper, der Wollrock kratzte an ihren Oberschenkeln, die Kniestrümpfe rutschten. Rosie trug eine flatternde Tunika aus leichter Baumwolle, aber auch sie schwitzte so stark, dass die Leute um sie herum angeekelt zurückwichen. Oder wichen sie am Ende gar nicht vor Rosie zurück, sondern vor Cosima? Die U-Bahn ratterte los. Rosie blickte nervös auf die Uhr.

Lieber Gott, lass uns nicht zu spät kommen, dachte Cosima.

Wie alle ihre Gebete wurde auch dieses nicht erhört. Sie erreichten die Highschool erst zehn Minuten nach acht. Als sie zum Sekretariat rannten, hallten ihre Schritte durch die langen, leeren Gänge. Keine Schülerin, kein Lehrer war zu sehen, der Unterricht hatte bereits begonnen.

»*Don't worry*«, sagte die Schulsekretärin großzügig, nachdem Rosie ihr die Verkehrsproblematik wortreich erklärt hatte. Und zeigte ihnen dann persönlich den Weg zum Klassenzimmer. Sie klopfte kurz an, öffnete die Tür und schob Cosima in den Raum.

»*The new girl*«, raunte sie der Lehrerin zu, deren irritierter Blick nur kurz über Cosima hinwegglitt und dann an Rosies Rastalocken hängen blieb. Genau wie die Blicke der Mädchen, die im Halbkreis um die Lehrerin herum saßen.

»*Hi guys*«, sagte Rosie. »*This ist Cosima from Germany. Just arrived.*«

Sie strahlte in die Runde, als wäre sie der Postbote und Cosima der Hauptgewinn. Die Mädchen kicherten. Ganz schlechter Start, dachte Cosima.

Die Lehrerin hieß Miss Brotherston, sie schien Cosima nicht erwartet zu haben.

»*Why don't you introduce yourself?*«, fragte sie unsicher, während das Kichern in der Klasse noch lauter wurde.

Introduce yourself. Cosima schwitzte noch stärker. Sie sollte sich vorstellen. Das wäre ihr auf Deutsch schon schwergefallen, auf Englisch erschien es ihr geradezu unmöglich. »*I* … äh …«, begann sie. »*My name is Cosima.*«

Das hatte Rosie vorhin schon gesagt. Und dass sie aus Deutschland kam, war auch nichts Neues mehr.

»*I come last week here*«, radebrechte Cosima, als ob sie nie Englisch gelernt hätte. »*And stay until …*« Ein Hilfe suchender Blick zu Rosie. Was hieß noch mal »Weihnachten« auf Englisch? Ihr Kopf war leer.

»*Until the end of the term*«, half Rosie.

»*That's okay.*« Miss Brotherston nickte gnädig. Dann sagte sie sehr schnell sehr viele Sätze, die Cosima allesamt nicht verstand. Aber das wollte sie sich nicht anmerken lassen, deshalb lächelte sie Miss Brotherston freundlich an, als diese endlich fertig war. Die Lehrerin lächelte zurück, sie schien jetzt noch unsicherer als vorhin.

Die Klasse jubelte. Was ging denn hier ab?

»*Cosima. Please sit.*« Miss Brotherston sprach jetzt sehr laut und langsam, wie mit einem Schwerhörigen oder Geistesgestörten. Und zeigte dabei auf einen leeren Stuhl. Jetzt hatte es auch Cosima kapiert, aber bevor sie der Aufforderung folgen konnte, trat Rosie auf sie zu, nahm sie an die Hand und führte sie zu ihrem Platz.

Cosimas Gesicht brannte, als hätte man sie die letzten fünf Minuten ununterbrochen geohrfeigt.

»*Well, I gotta run*«, verkündete Rosie danach allen, die es interessierte oder auch nicht. »*See you later.*«

Haltloses Gelächter begleitete ihren Abgang. Das schien sie jedoch nicht zu stören. Vermutlich war sie ein solches Echo gewöhnt.

Vielleicht sollte ich mich auch daran gewöhnen, dachte Cosima. Und zwar schnell.

From: Cosima
Date: 07.09 01:12:17 p. m. EST
Subject: Re: Re: Horror
To: Maggie

Liebe Maggie,

halleluja! In der Schule gibt es W-LAN! Leider kann ich nur mittags an den Computer, ab drei hab ich wieder Unterricht und danach ist hier abgeschlossen. Und Skypen geht auch nicht, im Computerraum darf nämlich nicht telefoniert oder geredet werden. Mist! :(((Aber vielleicht können wir morgen mal chatten?
Louis hat nur ganz kurz auf meine letzte Mail geantwortet. Was ist los mit ihm? Hat er schon eine andere? Eva-Marie? Kannst es mir ruhig sagen. Dann hab ich einen Grund mehr, mich in den Hudson zu stürzen. Falls noch nicht alles verloren ist: Versuch ihn auf jeden Fall von dieser Theater-AG abzuhalten. Ich weiß doch genau, wie so was läuft.
Erst küsst man sich auf der Bühne und dann wird hinter den Kulissen weitergeknutscht. Wenn du es nicht verhindern kannst, musst du mit. Lass ihn nicht aus den Augen!
Tu's für mich.
Hier ist alles schlimmer denn je. Hatte einen üblen Start in der Klasse, weil 1. Freaky Rosie mich zur Schule gebracht hat und wir 2. gleich am ersten Tag zu spät gekommen sind und ich 3. der zukünftigen Prom-Queen der Schule auf die Füße getreten bin.

Sie heißt Lara McAllister und geht in meine Klasse und schafft es, sogar in Schuluniform und ohne Make-up supergut und sexy auszusehen. Keine Ahnung, wie sie das macht. Aber ich wusste vom ersten Moment an, dass sie das It-Girl der Klasse ist. Die Bestimmerin.

In der ersten Pause sind nämlich alle Mädchen aufgestanden und zu ihrem Tisch gegangen. Alle, bis auf eine: ich. Lara hat den anderen Bilder auf ihrem iPhone gezeigt, und ich fühlte mich total blöd, weil ich allein rumsaß und Löcher in die Luft starrte. Und da kam Sandra, die neben mir sitzt, und fragte, ob ich nicht auch gucken will. Ich natürlich nichts wie rüber, die anderen drehen sich auch zu mir um, aber diese Lara hebt nicht mal den Kopf, sondern macht immer weiter an ihrem Smartphone rum. Und kriegt es irgendwie nicht hin, die Fotos zu vergrößern, da dachte ich, das ist meine Chance. Ich hab mein eigenes Handy rausgeholt und hab ihr gezeigt, wie es geht.

Das Blöde war nur: Ich hab die neuere Version. Und was bei mir geht, funktioniert bei ihr noch nicht. Wurde uns beiden gleichzeitig bewusst, da hab ich mein Handy schnell wieder eingesteckt, aber natürlich war es schon zu spät.

»*Thanks for showing off*«, sagte Lara giftig. *Show off* heißt *angeben,* ich hab's gleich nachgeschlagen. Sie hat dann den ganzen Vormittag kein Wort mehr mit mir gesprochen und die anderen natürlich auch nicht, ist ja klar. Wer bei Lara unten durch ist, kann einpacken. Als Sandra mich einmal aus Versehen angelächelt hat, hat Lara ein Gesicht gemacht, als ob jemand unter ihren Tisch gepinkelt hätte.

Eins ist sicher: Von denen wird mich keine adoptieren. *Rosie forever.* Es wär zum Lachen, wenn es nicht zum Heulen wäre. Ich hasse Amerika. Kann mich denn niemand hier rausholen?
X((((
Cos

Von: Maggie
Datum: 08.09 15.08:45 MEZ
Betreff: Re: Re: Re: Horror!
An: Cosima

Liebe Cosima,

diese Lara ist ja wohl die Oberzicke! Am besten, du ignorierst sie einfach. Halt dich an diese Sandra, die scheint doch ganz nett zu sein. Obwohl – erinnerst du dich noch an den Anti-Mobbing-Workshop, den wir in der Unterstufe gemacht haben? Da haben sie uns gesagt, dass man immer auf den Mobber zugehen soll. Kannst es ja mal ausprobieren.
Hey, Lara, you hurt my feelings, you really did. Danach fällt sie dir bestimmt gleich um den Hals. :))
Sorry, das hilft dir jetzt auch nicht weiter. Aber wir hatten gerade eben das Casting für das Shakespeare-Stück und nur wegen dir – also wegen Louis – bin ich hingegangen. Wir haben uns in der kleinen Turnhalle getroffen. Waren ziemlich viele Leute da – etwa an die fünfzig. Und hauptsächlich Mädchen. Und Louis ist nicht erschienen – das war natürlich

der absolute Hammer! Ich meine, wenn ich das gewusst hätte, wär ich doch auch nicht gekommen! Aber nun konnte ich natürlich schlecht wieder abhauen.
Herr Brechtermaßen hat uns erklärt, dass er eine Fortbildung im Schauspielhaus gemacht und jetzt viele neue Ideen hat. Wir werden »Romeo und Julia« spielen – die Aufführung soll noch vor Weihnachten stattfinden. Als er das Stück nannte, hat Eva-Marie laut geseufzt. Wahrscheinlich sah sie sich sofort in der Rolle der Julia. (Eva-Marie saß natürlich in der ersten Reihe. Im Unterschied zu Louis hat sie das Casting nicht verpasst.)
Dann fing das eigentliche Vorspielen an. Ich wollte ja gar keine Rolle, aber Brechtermaßen hat darauf bestanden, dass auch die Bühnenbild- und Kostümleute die »Aufwärmübungen« mitmachen, damit sich die Schauspieler nicht so dämlich vorkommen. Am Anfang sind wir wild durcheinandergelaufen und mussten alle gleichzeitig improvisieren – Verkehrsunfälle und Konfliktsituationen und spontane Liebesszenen. Dann hat Brechtermaßen einzelne Leute rausgepickt. Eva-Marie und Hannes sollten zum Beispiel einen Streit vorführen – ohne Text einfach so aus dem Stegreif. Eva-Marie war echt super, das muss ich einfach zugeben.
Die Leute, die keine Rolle wollten, hat Brechtermaßen verschont, wir mussten nicht einzeln auftreten. Aber als das Casting fast zu Ende war, ging die Tür auf und Louis kam rein. Er hatte sich in der Uhrzeit vertan und war eine Stunde zu spät gekommen! Ein Mädchen hätte Brechtermaßen

sofort rausgeschmissen, da bin ich mir sicher. Aber bei einem Jungen konnte er sich das nicht leisten. Die sind halt superknapp. Dafür hat er sich für Louis eine extrafiese Prüfung ausgedacht: Louis sollte vorspielen, dass er zum Date mit seiner Freundin zu spät kommt – und wie er sich bei ihr entschuldigt.
Für die Szene brauchte man natürlich noch ein Mädchen. Eva-Maries Hand schoss so raketenschnell in die Höhe, dass sie Annalena fast ein Auge ausgestochen hätte.
Aber zum Glück stand Eva-Marie ziemlich weit hinten und Brechtermaßen hat sie nicht bemerkt. Und zum noch größeren Glück stand ich direkt vor ihm. Und sagte: »Na gut, ich mach's.« (Das hab ich ganz allein für dich getan. Na ja, ein bisschen auch, weil ich Eva-Marie hasse. Aber trotzdem. Ich hoffe, du weißt mein Opfer zu schätzen!)
Also haben Louis und ich die Szene gespielt. Und was soll ich sagen – es war toll. Louis war toll. Er hat zuerst einen auf betroffen gemacht: *Tut mir so leid, dass du warten musstest* – und dann wurde er plötzlich mega-aggressiv und hat mich angemacht und ich hab zurückgezickt. Die anderen haben sich weggeschmissen vor Lachen und Brechtermaßen auch. Ist ja wohl klar, wer unser neuer Romeo wird. Ich bin mir ganz sicher, dass Louis die Rolle kriegt, obwohl Brechtermaßen sich das Ganze noch mal durch den Kopf gehen lassen will, bevor er Bescheid gibt. Mich hat er hinterher auch noch mal gefragt, ob ich nicht doch eine Rolle will (der Typ lässt einfach nicht locker). Aber nee danke, Theater ist nichts für mich. :)

Puh, was für eine lange Mail. Hoffentlich hast du bis zum Ende durchgehalten und nicht schon nach den ersten vier Sätzen Schluss gemacht. Schreib mir so schnell wie möglich zurück. Ich muss erfahren, wie es mit Lara McMonster weitergeht. Und ich will alles über Rosie wissen. Vielleicht gewöhnst du dich ja an sie und kommst mit Rastalocken und bunten Wallekleidern zurück nach Hause? Ich kann's kaum erwarten!

:)))))))xx

Mag

PS: Hab vor Kurzem zufällig gelesen, dass es im Central Park einen Schildkrötenteich gibt, mit echten Schildkröten. Da musst du unbedingt hin und ein Foto machen. Das kommt dann in unsere Sammlung!

6

Wenn man die drei obersten Knöpfe der Bluse offen ließ, den Kragen weit nach außen klappte und den Pullunderbund, so weit es ging, nach oben schob, dann sah die Schuluniform einigermaßen erträglich aus. Auf den Trick mit dem Pullunder war Cosima allerdings nicht selbst gekommen, den hatte sie Lara abgeguckt.

Lara hatte auch ihren Rock ein Stück gekürzt, obwohl das laut Schulsatzung strengstens verboten war. Aber das wagte Cosima nicht. Wahrscheinlich hätte Lara sie sofort auffliegen lassen, wenn sie ebenfalls mit gekürztem Rock zum Unterricht erschienen wäre.

Sie tat ja immer so, als ob sie Cosima gar nicht bemerkte, aber in Wirklichkeit, da war sich Cosima ganz sicher, beobachtete sie sie ständig. Jetzt zum Beispiel. Obwohl Lara sich angeregt mit Ally und Paloma unterhielt, nahm sie ganz genau zur Kenntnis, dass Sandra Cosima einen Kaugummi anbot. Dafür würde sie bezahlen, denn Lara akzeptierte es nicht, dass jemand nett zu der Neuen war.

The German girl. So nannte Lara Cosima immer, als ob sie keinen Namen hätte. Sie bemühte sich auch gar nicht, das vor ihr zu verbergen. Vielleicht dachte sie, dass Cosima zu schlecht Englisch konnte, um sie zu verstehen. Aber wahrscheinlich war es ihr einfach egal, ob sie Cosimas Gefühle verletzte oder nicht.

Maggie hat Recht, dachte Cosima. Ich sollte wirklich mal zu ihr hingehen und sie fragen, warum sie mich so scheußlich behandelt. *Ich hab dir doch nichts getan, oder?* Aber statt die Idee in die Tat umzusetzen, nippte sie nur an dem Wasserbecher, den Sandra ihr auf den Tisch gestellt hatte. Weil sie nämlich genau wusste, wie Lara reagieren würde. Sie würde mit den Schultern zucken, die Augenbrauen heben, ihr hübsches Gesicht wäre ein einziges Fragezeichen. *What's wrong with you?*

You're so mean, hörte Cosima sich sagen.

Und dann die verständnislose Antwort von Lara: ich? Warum sollte ich gemein zu dir sein? Tut mir wirklich leid, da hast du was in den falschen Hals bekommen. Sorry, aber du bist mir total egal.

Und dann würde sie sich abwenden und für Cosima wäre alles noch schlimmer als zuvor.

»*Cosima? You're coming?*« Sandras Stimme riss Cosima aus ihren düsteren Gedanken. »*Lunchtime.*«

Lunchtime. Das hieß, dass alle zum Essen in die Cafeteria strömten. Weil Lara das Essen boykottierte, da es angeblich zu viele Kohlenhydrate enthielt und sie auf eine *low carb diet* schwor, brachten sich inzwischen auch die anderen Mädchen Dosen mit Hähnchensalat, Joghurt und Rohkost von zu Hause mit. Cosima war die Einzige, die ihr Essen an der Theke holte, schließlich konnte sie nicht erwarten, dass Rosie ihr jeden Morgen ein Lunchpaket zubereitete. In der ersten Woche hatte sie sich noch mit ihrem Tablett zu den anderen gesetzt. Aber nachdem sie sie alle konsequent ignoriert hatten, zog sie es jetzt vor, ihre Mittagspause im Computerraum zu verbringen.

»*I'm not hungry*«, sagte Cosima und erwartete, dass Sandra erleichtert weitergehen würde, aber zu ihrer Überraschung kam sie zu ihr zurück.

»*You just have to come*«, sagte sie. »Wenn du dich mittags immer zurückziehst, dann werden dich die anderen nie akzeptieren.«

»Die anderen?«, wiederholte Cosima spöttisch. »Was die anderen denken oder meinen oder wollen, ist doch total egal. In eurer Klasse ist doch nur eine entscheidend. Und das ist Lara.«

Sandra zögerte. »Lara kann manchmal echt schwierig sein«, gab sie dann zu. »Aber wer sie besser kennt, weiß, dass sie echt nett ist.«

Echt nett. Cosima hätte am liebsten laut gelacht, aber das ging nicht, weil sie nämlich plötzlich Tränen in den Augen hatte. Sie wollte aber auf keinen Fall vor Sandra losheulen. Alles, bloß kein Mitleid!

Sie senkte hastig den Kopf, zuckte mit den Schultern und murmelte: »Vielleicht hast du Recht. Aber ich bin wirklich nicht hungrig. *See you later.*«

Auf dem Weg in den Computerraum wunderte sie sich über sich selbst. Warum ärgerte sie sich so über Lara? Warum nahm sie sie überhaupt zur Kenntnis? In ein paar Monaten war Weihnachten, dann würde Louis sie besuchen. Und kurz danach wäre das Kapitel »New York« auch schon wieder abgeschlossen, dann würde sie nach Hause zu ihren Freunden fliegen, zurück in ihre eigene Welt. Und Lara wäre ein für alle Mal Vergangenheit.

Und dennoch bekam Cosima schon morgens beim Zähneputzen Bauchschmerzen, wenn sie an Lara McAllister dachte. An die Art, wie sie sich mit ihren schmalen, langen Fingern die Haare aus der Stirn strich, lässig und doch elegant, und dabei ihr Gegenüber musterte. Wenn Cosima ihr Gegenüber war, zogen sich Laras Brauen zusammen und über ihrer Nasenwurzel bildeten sich drei steile Falten, ihre Mundwinkel schoben sich nach unten. Ganz leicht, aber unübersehbar. Als wäre Cosima ein ekliges Tier, eine Spinne oder eine Nacktschnecke.

Dann blickte sie rasch wieder weg, und die anderen Mädchen, die an Laras Lippen hingen, wandten sich ebenfalls ab. Einige murmelten verlegen einen Gruß, aber niemand unterhielt sich mit Cosima.

Außer Sandra. Sandra war eigentlich immer nett zu ihr.

Aber das machte das Ganze nicht besser, sondern eher schlimmer.

Ein Mädchen wie Sandra, dachte Cosima, hätte ich in Deutschland einfach ignoriert.

Die pummelige Sandra mit der langweiligen Brille und den Blümchenspangen im Haar. Sandra, die so uncool war wie Melanie Schmidt oder Rebecca Vonderstein in ihrer alten Schule. Wenn man auf das Mitgefühl von Losern angewiesen ist, dann hat man wirklich verloren, dachte Cosima. Aber so tief war sie noch nicht gesunken. Bevor sie sich mit jemandem wie Sandra anfreundete, blieb sie lieber ganz allein.

»Cosima?«

Jetzt eilte Miss Brotherston in großen Schritten über den Flur auf sie zu.

»*I'm glad I caught you*«, keuchte sie. »Ich muss mit dir reden.«

Cosima blieb unwillig stehen. Miss Brotherston war nicht entgangen, dass Cosima keinen Anschluss fand, und versuchte ständig, sie irgendwie in die Klassengemeinschaft zu integrieren. Aber ihre hilflosen Versuche prallten an Laras eiskalter Front ab. Die Einzige, die sich auf ihre Kontaktangebote einließ, war Sandra.

»Rosie, deine Gastmutter hat mich heute Morgen angerufen«, begann Miss Brotherston.

»Was?« Warum rief Rosie in Cosimas Schule an? Und warum hatte sie das Cosima gegenüber mit keiner Silbe erwähnt?

»Sie glaubt, dass du hier unglücklich bist«, sagte Miss Brotherston betrübt. Und dann wollte sie wissen, ob sie irgendetwas tun könne, damit Cosima sich wohler fühle. Und bot an, dass sie mit den anderen Schülerinnen sprechen würde.

»*No!*«, rief Cosima so laut, dass nicht nur Miss Brotherston, sondern auch sie selbst zusammenzuckte. »*Please don't*«, fuhr sie in leiserem Ton fort. »Mir geht's gut. Wirklich. *I'm just a quiet person.*«

Eine ruhige Person. Cosima. Ihre Lehrer und Freunde in Deutschland hätten sich jetzt totgelacht. Aber Miss Brotherston lachte nicht, sie kannte Cosima ja auch nicht anders. Sie zögerte nur kurz, dann nickte sie.

»*If there's anything I can do …*«, meinte sie zögernd, aber Cosima schüttelte noch einmal entschieden den Kopf. Nein, es gab wirklich nichts, was Miss Brotherston hätte tun können.

Ich muss diesen Mist hier einfach durchstehen, dachte sie. Etwas anderes bleibt mir gar nicht übrig.

From: Cosima
Date: 11.09 01:24:07 p. m. EST
Subject: Blaubeersaft und Fettnäpfchen
To: Maggie

Liebe Maggie,

da bin ich wieder – im Computerraum von St. Barbara High, meinem kleinen W-LAN-Paradies, meiner Insel in der Einsamkeit. Miss Craper, die hier mittags Aufsicht hat, begrüßt mich schon wie eine alte Freundin, wenn ich nach dem Unterricht eintrudele. Leider darf man kein Essen mit in den Computerraum nehmen. Also verzichte ich regelmäßig auf mein Mittagessen. Hab bestimmt schon vier Kilo abgenommen – aber Rosie hat natürlich keine Waage. Womit wir auch schon beim Thema wären.
Rosie ist nach wie vor ein Albtraum. Am Anfang hat sie mich wenigstens in Ruhe gelassen, aber nun hat sie sich in den

Kopf gesetzt, dass ich unglücklich bin (*Unglücklich? Ich??? Wie kommt sie denn bloß darauf? Ist doch alles total super hier!)* und will mich um jeden Preis und so schnell wie möglich aufheitern. Zuerst hat sie in der Schule die große Welle gemacht, hat die Direktorin angerufen und mit meiner Klassenlehrerin telefoniert. War natürlich alles umsonst, das Problem sind ja nicht die Lehrer, sondern die Schülerinnen. Genauer gesagt: meine Klasse. Noch genauer: Lara.
Aber so schnell gibt Rosie nicht auf. Wenn sie die Schule schon nicht umkrempeln kann, dann kann sie mir ja wenigstens in meiner Freizeit auf die Nerven gehen. Jetzt schleppt sie mich jedes Wochenende in Museen und zu irgendwelchen Denkmälern. Weil sie mitbekommen hat, dass ich Schildkröten sammle, hat sie mich doch tatsächlich zu dem Turtle-Teich im Central Park gezerrt, von dem du mir geschrieben hast. Wir haben aber keine einzige Schildkröte gesehen :(
Und damit ich auf andere Gedanken komme, muss ich jeden zweiten Abend mit zu ihren durchgeknallten Freunden oder an irgendwelchen schrecklichen *cultural events* teilnehmen. Gestern waren wir bei einer Ausstellungseröffnung. Ein Desaster. Eigentlich will ich gar nicht darüber schreiben, es ist einfach zu peinlich, was mir dort passiert ist. :O Aber egal, ich würd's dir ja auch erzählen, wenn du hier wärst.
Die Galerie war winzig und bis zum Platzen voll mit Leuten, die genauso daneben waren wie Rosie. Die Bilder sahen aus, als ob jemand zwanzig Liter Blaubeersaft getrunken und dann auf die Leinwand gepinkelt hätte. Rosie fand es

fantastic, wie sie lauthals erklärte, ich fand dagegen nur die Preise fantastisch. Während ich mich fragte, ob es wirklich jemanden gibt, der 7000 Dollar für ein gepinkeltes Bild ausgibt, laberte Rosie den Galeristen voll. Wahrscheinlich wollte sie ihm ihre eigenen Werke aufschwatzen (Rosies Gemälde sind noch schrecklicher als die Pinkelbilder. Sie malt riesige Blumen, in denen Embryos schlafen und Wolkenlandschaften mit fliegenden Kühen usw.).
Ich stand also so rum und langweilte mich, als plötzlich ein Typ in meinem Alter in die Galerie latschte. Er sah ziemlich abgerissen aus, dreckige Jeans, verwaschenes Hemd, unrasiert etc., aber auch irgendwie interessant. Sogar SEHR interessant, um ehrlich zu sein. Vielleicht hab ich ihn ein bisschen zu offensichtlich angestarrt, auf jeden Fall kam er direkt auf mich zu und quatschte mich an. *Hi, wer bist du denn, dich hab ich ja noch nie hier gesehen* und so. Er fragte, wie mir die Bilder gefallen. Ich war erst mal vorsichtig – ich dachte, vielleicht ist er ja der Künstler, wer weiß – und murmelte was von *interesting* und *very strong.* Aber er ließ einfach nicht locker und wollte wissen, ob ich ihm das genauer erklären könnte. Irgendwann war ich so genervt, dass ich ihm die Wahrheit sagte. Dass ich die Bilder absolut bescheuert fand. Wie mit Blaubeersaft gepinkelt eben. Und da fing er an zu lachen und kriegte sich gar nicht mehr ein. Weil er die Bilder nämlich genauso blöd fand wie ich. :)
Ich glaub, das war das erste Mal, seit ich hier in New York bin, dass ich richtig gelacht habe. Mann, Maggie, das war so schön, ich konnte gar nicht mehr damit aufhören.

Und dann hab ich alles kaputt gemacht, ich blöde, idiotische Kuh.
Der Typ hat mich nämlich gefragt, mit wem ich hergekommen bin.
Ich hab auf Rosie gezeigt und meinte: »Mit der verrückten Alten in dem Hippiefummel.« Und er nickte nur und hörte auf zu lachen. Und ich begann zu schwitzen und fragte ihn, ob er Rosie kennen würde. Da nickte er wieder und sagte: *»She's my mum.«* :O :((((
Er heißt Caspar und ist Rosies Sohn.
Ich wär am liebsten gestorben, Mag. Und wenn ich jetzt dran denke, möchte ich immer noch sterben. Zum Glück hat Caspar Rosie nichts erzählt, zumindest glaube ich das. Sie hat mich nämlich heute Morgen mit derselben überschwänglichen Freundlichkeit begrüßt wie immer. Caspar hat noch geschlafen, als ich mich auf den Weg zur Schule gemacht habe. Hoffentlich ist er gleich weg, wenn ich wieder nach Hause komme. Ich hab mich nicht getraut, Rosie zu fragen, wie lange er bleiben will. Wenn ich ihm noch mal in die Augen sehen muss … OMG.
So viel zu meinen Katastrophen. Was machen deine? Louis hat mir geschrieben, dass er den Romeo spielt. Aber wer ist seine Julia? Ach, ich will es eigentlich gar nicht wissen …
Cos :xxx

7

»Irgendwann dreh ich dieser eingebildeten Gans den Hals um«, zischte Sophie. Sie schnappte sich Tasche und Jacke und verließ den Probenraum mit großen Schritten.

Maggie folgte ihr in den Flur. »Warte doch mal!«, rief sie ihr nach. »Was ist denn passiert?« Nach der Bühnenbild-AG war Maggie direkt zum Gruppenraum hinter der Aula gerannt, um noch ein bisschen was von der Probe mitzubekommen. Aber inzwischen war auch die Theater-AG zu Ende. Die meisten Schauspieler hatten den Raum bereits verlassen, nur Louis und Eva-Marie unterhielten sich noch mit Herrn Brechtermaßen, aber da konnte sich Maggie ja schlecht dazustellen.

»Sie hält sich für den absoluten Star«, zeterte Sophie jetzt so laut, dass man sie vermutlich auch drinnen im Probenraum hören konnte, aber das war ihr ganz offensichtlich egal. »Die ganze Zeit hat sie irgendwelche Sonderwünsche – das Licht blendet, oder die Luft ist zu trocken, oder sie will nicht von links auftreten, sondern von rechts. Brechtermaßen hat die Nase auch schon voll, am liebsten würde er sie rausschmeißen.«

Sie. Das war natürlich Eva-Marie, über die sich Sophie so aufregte. Louis' Julia.

»Na, das ist doch wohl keine Überraschung, oder?«, meinte Maggie.

»Warum hast du die Rolle nicht übernommen?« Wenigstens jetzt senkte Sophie ihre Stimme. »Brechtermaßen hätte sie dir viel lieber gegeben als dieser Zicke, da bin ich mir ganz sicher.«

Maggie zuckte mit den Schultern und murmelte etwas Unverständliches. Dabei wusste sie ganz genau, dass sie die Hauptrolle hätte haben können. Herr Brechtermaßen hatte nämlich nach dem Casting bei ihnen zu Hause angerufen und Maggie beschworen, die Julia zu spielen. »Ich hab doch in dieser einen Szene gesehen, was in dir steckt«, hatte er gesagt. »Ich will dich unbedingt auf der Bühne sehen.«

Aber Maggie war hart geblieben. Zugegeben: Sie fühlte sich natürlich geschmeichelt, dass Brechtermaßen so von ihrem Talent überzeugt war. Und wenn Louis nicht der Romeo gewesen wäre, hätte sie sich vielleicht sogar überreden lassen. Aber die Vorstellung, mit ihm auf der Bühne zu stehen, ihn anzuhimmeln und vor der ganzen Schule zu küssen – auch wenn es nur Show war –, schien ihr unerträglich. Das hätte sie nicht überlebt, am Ende hätte sie sich womöglich noch vor Kummer umgebracht wie die Julia im Stück.

Jetzt küsste ihn allerdings Eva-Marie. Das war auch nicht viel besser, das musste Maggie sich eingestehen.

»Vielleicht nimmt Brechtermaßen ihr die Rolle ja wieder ab, wenn sie so rumzickt«, mutmaßte sie.

»Aber er hat ja keine Alternative«, meinte Sophie. »Die anderen packen die Rolle einfach nicht. Mir wär es auch zu viel.« Sie schüttelte wütend den Kopf. »Das Schlimmste ist, dass ich Julias Amme spiele. In allen meinen Szenen bin ich gemeinsam mit Eva-Marie auf der Bühne. Das macht mich fertig.«

Maggie seufzte. »Da kann ich ja froh sein, dass ich nur am Bühnenbild mitarbeite.«

»Hi, Mag!« Jemand legte ihr von hinten den Arm um die Schultern. Bevor ihr Verstand registriert hatte, dass es Louis war, reagierte ihr Körper: Von einer Sekunde auf die andere begann ihr Herz zu rasen und pumpte Blut durch alle Adern, ihre Wangen fingen an zu glühen, die Hände wurden schweißnass.

»Louis. Hi, wie geht's?« Ihre Stimme klang so zittrig und schwach, als ob sie gerade einen Marathon gelaufen wäre.

»Super. Hast du noch Unterricht oder willst du auch nach Hause?«

»Nee, ich bin fertig. Bist du mit dem Fahrrad hier?«

Er nickte. »Wir können zusammen fahren. Wir müssen nur eben noch auf Eva-Marie warten.«

Was? Eva-Marie kam auch mit? »Ich … äh …« Maggie suchte fieberhaft nach einer Ausrede. Sie hatte nun wirklich keine Lust, neben Louis herzustrampeln und sich dabei Eva-Maries selbstverliebtes Gequassel anzuhören. Und wenn sie Cosima zehnmal versprochen hatte, die beiden zu überwachen: Was zu viel war, war zu viel. Aber wie kam sie aus der Nummer wieder raus? Hilfe suchend sah sie Sophie an, aber die grinste nur hinterhältig. *Da kannste mal sehen, wie das ist,* sagte ihr Grinsen.

»Ich … äh. Mir ist gerade eingefallen, dass ich …«, begann

Maggie, aber Louis hörte sie gar nicht. »Da ist sie ja schon«, rief er, weil Eva-Marie jetzt zusammen mit Brechtermaßen aus dem Probenraum kam. Während der Lehrer die Tür abschloss, redete Eva-Marie in einer Tour auf ihn ein. »… Ich bin mir immer noch nicht sicher, ob ich mich bei der Schauspielschule anmelden oder ganz auf meine Reitkarriere konzentrieren soll. Manchmal ist es ein Fluch, wenn man so viel Potenzial hat. Meine Trainerin findet auch …«

»Jaja«, sagte Herr Brechtermaßen, der inzwischen mindestens ebenso genervt war wie Sophie. »Darüber reden wir, wenn es so weit ist. Jetzt machst du ja erst mal Abi. Und ich muss nach Hause zum Mittagessen.«

»Aber Sie wollten doch …«

»Auf Wiedersehen.« Herr Brechtermaßen nickte den anderen Schülern kurz zu, dann ließ er Eva-Marie einfach stehen und flüchtete mit großen Schritten in Richtung Hauptausgang.

»Ich bin auch weg.« Sophie zwinkerte Maggie noch einmal boshaft zu, dann suchte sie ebenfalls das Weite.

»Da waren's nur noch drei«, meinte Louis.

»Puh, Brechtermaßen ist ganz schön zerstreut«, meinte Eva-Marie, als sie über den Schulhof zu den Fahrradständern gingen. »Ich hab das Gefühl, dass er mit seinen Gedanken manchmal ganz woanders ist. Hat mir gar nicht richtig zugehört.«

Louis zuckte mit den Schultern. »Ist doch toll, dass er sich so einsetzt. Die Theater-AG macht er schließlich in seiner Freizeit. Kein anderer Lehrer würde sich da so reinhängen.«

»Stimmt«, gab Eva-Marie zu. »Die Aufführung wird bestimmt der Renner, meinst du nicht auch? Ich finde, wir sind ein tolles Paar.« Sie warf Louis einen schmachtenden Blick zu, den er allerdings nicht bemerkte, weil er gerade sein Fahrrad aufschloss. Maggie fing sofort wieder an, heftig zu schwitzen. Du liebe Zeit, Eva-Marie ging ja richtig ran! Die kannte keine Hemmungen!

Du musst sie in ihre Schranken verweisen!, hörte sie Cosimas Stimme in ihrem Kopf. *Louis ist immer noch mein Freund, mach ihr das sofort klar.*

Aber bevor Maggie auch nur den Mund öffnen konnte, fragte Louis: »Hast du irgendwas Neues von Cosima gehört, Maggie? Mir hat sie vorgestern geschrieben. Ist wohl nicht so prickelnd in New York.«

»Bei mir hat sie sich gestern gemeldet«, meinte Maggie. Die oberpeinliche Geschichte mit Rosies Sohn Caspar würde sie Louis allerdings verschweigen. Und in Eva-Maries Gegenwart schon dreimal. »Diese Künstlerin, bei der sie wohnt, ist ja wohl 'ne schräge Nummer.«

Louis lachte. »Also, ich finde, die hört sich ganz cool an. Chaos in der Wohnung, Kartoffeln im Flur, das klingt ein bisschen wie bei uns.«

»Vielleicht gewöhnt sich Cosima noch an sie«, sagte Maggie. »Hat sie dir von dieser fiesen Lara aus ihrer Klasse erzählt? Ich frag mich, was die gegen Cosima hat.«

»Ja, von der hat sie geschrieben.« Louis zuckte mit den Schultern. »Also, ich würd die einfach ignorieren. Dann hört das Mobbing meist von selbst auf.«

»Meinst du? Ich weiß nicht. An ihrer Stelle würde ich mal mit der Lehrerin sprechen. Vielleicht kann die Cosima ja in die Parallelklasse stecken, wenn es da so was gibt.«

»Typen wie diese Lara gibt es doch überall.«

»Da hast du allerdings Recht. Ich hatte vielleicht eine blöde Ziege in meinem Kurs, als ich im Sommer in der Ferienakademie auf Malta war.« Eva-Marie hatte es endlich geschafft, sich wieder ins Gespräch zu drängen. »Annika aus Dorsten. Die haben wir alle nur ›das Toastbrot‹ genannt, weil sie so dumm war.«

Aber im Unterschied zu Cosima war Eva-Marie bestimmt nicht gemobbt worden, dachte Maggie. Im Gegenteil. Wahrscheinlich war Eva-Marie selbst es gewesen, die sich den Spitznamen »Toastbrot« ausgedacht und für dessen Verbreitung gesorgt hatte. Du bist doch genau wie diese Lara, hätte Maggie fast gesagt. Aber dann schluckte sie die bissige Bemerkung lieber runter. Wenn sie fies zu Eva-Marie war, dann brachte sie Louis nur dazu, Partei für sie zu ergreifen. Und das wollte Maggie auf keinen Fall.

»Annika war so dumm, die hat doch tatsächlich geglaubt, New York wäre die Hauptstadt der Vereinigten Staaten«, plauderte Eva-Marie jetzt weiter.

»Allgemeinbildung scheint nicht ihre Stärke zu sein«, sagte Louis. »Vielleicht sollte sie nach Amerika auswandern. Die haben da ja wohl überhaupt keinen Plan von der Welt. Cosima hat geschrieben, dass fast alle ihrer Klassenkameradinnen dachten, dass in Deutschland noch die Mauer steht. Von Europa wissen die so gut wie gar nichts.«

»Genau wie das Toastbrot auf Malta«, sagte Eva-Marie, die ganz offensichtlich keine Lust hatte, über Cosima zu reden.

Inzwischen hatten sie den Schulhof verlassen und bogen in den Radweg ein, der zu der Siedlung führte, in der Eva-Marie und Louis wohnten. Der Weg war so schmal, dass sie nicht zu dritt nebeneinander fahren konnten, also manövrierte Eva-Marie ihr schickes Hollandrad neben das Rennrad von Louis, während Maggie auf ihrem klapprigen Tourenrad hinter ihnen herkeuchte. Während Eva-Marie und Louis über die Amerikaner im Allgemeinen und das Toastbrot im Besonderen herzogen, fiel sie immer weiter zurück. Sie bemühte sich auch gar nicht, die beiden wieder einzuholen.

Sollen sie doch machen, was sie wollen, überlegte sie entnervt. Wenn Louis wirklich auf diese blöde Zicke abfährt, dann ist er vielleicht doch nicht so cool, wie ich dachte. Dann kann er mich mal.

Sie beschloss, zur letzten Kreuzung zurückzufahren, nach rechts abzubiegen und übers Feld nach Hause zu radeln. Wahrscheinlich würden die beiden gar nicht bemerken, dass sie weg war.

Aber im selben Moment bremste Louis, sprang vom Rad und drehte sich zu ihr um. Eva-Marie fuhr noch ein paar Meter weiter, bevor sie ebenfalls stehen blieb.

»Was ist los, Maggie. Wo bleibst du denn?«, rief Louis.

»Fahrt schon mal weiter«, rief Maggie. »Ich muss noch mal zurück zur Schule. Mir ist gerade eingefallen, dass ich was vergessen habe.«

Sie sah, wie Eva-Maries Lippen sich bewegten, aber sie konnte nicht hören, was sie sagte. Sie wollte es auch gar nicht hören. Es war bestimmt irgendeine Gemeinheit.

»Bist du okay?«, fragte Louis.

»Klar.« Sie winkte ihm kurz, dann wendete sie ihr Fahrrad. Bevor sie losfuhr, warf sie noch einen Blick über die Schulter. Sie sah, dass er zögerte, dann winkte er ebenfalls und setzte sich wieder in Bewegung.

»Viel Spaß noch«, murmelte Maggie. Und wischte sich eine Träne von der Wange. Daran war aber nur der blöde Fahrtwind schuld.

07:45 a. m. EST
SMS von Cosima an Maggie

C bleibt BIS WEIHNACHTEN in ny! das hat mir R gerade freudestrahlend mitgeteilt. *you'll be great friends.* omg :/

07:52 a. m. EST
SMS von Cosima an Maggie

spielt E-M L's Julia? ist da was zwischen den beiden???

Es war das dritte Mal, dass Maggie eine Mail an Cosima begann. Bei den ersten Versuchen war sie kaum über die

Anrede hinausgekommen, dann hatte sie das Ganze wieder gelöscht.

Was sollte sie Cosima auch schreiben? Hier ist alles in Ordnung, Louis vermisst dich wie verrückt. Lügen, nichts als Lügen.

Louis vermisste Cosima kein Stück, da war sich Maggie sicher. Auch wenn er sich immer erkundigte, ob Maggie etwas aus New York gehört hatte. In Wirklichkeit war er froh, dass Cosima Tausende von Kilometern weg war. Denn auf diese Weise konnte er sich voll und ganz darauf konzentrieren, Eva-Marie zurückzuerobern.

Oder vielmehr: sich von Eva-Marie zurückerobern zu lassen. Denn dass Eva-Marie immer noch total verknallt in ihn war, war ja wohl sonnenklar. Und wenn Louis kein Interesse an ihr hätte, dann würde er nicht mit ihr nach Hause radeln, dachte Maggie.

Liebe Cosima, tippte Maggie, hier ist alles so öde. *Ich kann es auch kaum erwarten, bis du wieder da bist.*

Noch mehr Lügen. Sie dachte ja kaum noch an Cosima. Weil sie viel zu beschäftigt damit war, über Louis nachzugrübeln. Darüber, was zwischen ihm und Eva-Marie abging. Und überhaupt.

Sie löschte die ersten beiden Sätze wieder und starrte dann fünf Minuten auf die Anrede. *Liebe Cosima.* Sollte sie Cosima darüber aufklären, dass Louis ständig mit Eva-Marie rumhing? Dann riskierte sie, dass Cosima ihre letzten Kröten zusammenkratzte und auf eigene Kosten zurück nach Düsseldorf flog, um Louis die Meinung zu sagen, um ihm die

Hölle heißzumachen. Wahrscheinlich würde er sich dann erst recht von ihr trennen. Und wäre auch noch sauer auf Maggie, weil sie ihn verraten hatte.

Maggie löschte auch die letzten beiden Worte, klappte ihren Laptop zu und seufzte. Sie würde Cosima erst mal eine SMS schreiben. *Hier ist alles okay, bin im Stress, melde mich später.* Oder so.

Sie nahm die kleine Schildkröte aus Speckstein von ihrem Fensterbrett, die Cosima ihr zum fünfzehnten Geburtstag geschenkt hatte, und wog sie in der Hand. Ich brauch auch einen Panzer, dachte sie. Einen Schildkrötenpanzer gegen Louis und Eva-Marie.

Dann hörte sie, wie es an der Wohnungstür klingelte. Die Tür ihrer Schwester klappte, Lucie ging öffnen. Maggie schloss die Augen. Vor ihren Augenlidern erschien Louis' Gesicht, er lächelte sie an. Verdammt, konnte er sie nicht einen Moment lang in Ruhe lassen?

»Maggie, BE...SU...HUCH!«, schrie Lucie aus dem Flur.

Besuch? Jetzt? Die Einzige, die unangemeldet bei ihr hereinschneite, war Cosima und die war weit weg. Maggie rappelte sich hoch, aber bevor sie aufstehen konnte, klopfte es schon.

»Ja?«

Es war Louis.

Louis, an den sie eben noch gedacht hatte, an den sie eigentlich ununterbrochen dachte. Und der stand jetzt in ihrer Tür und grinste ein bisschen verlegen.

»Hi. Sorry, wenn ich dich störe.«

Maggie sprang so hastig auf, dass sie fast umkippte.

»Du störst doch nicht.« Es war ja wohl offensichtlich, dass sie mit nichts Wichtigerem beschäftigt gewesen war, als auf dem Bett zu liegen und an die Decke zu starren. »Setz dich.«

»Ich … äh … wollt nur mal kurz mit dir reden.« Er ließ sich auf ihrem Schreibtischstuhl nieder. Sie setzte sich auf die Bettkante, weil sie keinen zweiten Stuhl hatte.

»Was gibt's?«, fragte sie und dachte gleichzeitig: Jetzt kommt's. Jetzt sagt er mir, dass er sich von Cosima trennen will, weil er sich wieder in Eva-Marie verknallt hat. Und ich darf es Cosima dann verklickern.

»Es ist wegen Eva-Marie«, begann Louis.

Maggie nickte müde. »Du bist wieder mit ihr zusammen.«

Louis riss die Augen auf. »Ich bin … was? Spinnst du? Warum sollte ich … Also, was glaubst du eigentlich von mir?«

»Das sieht doch wohl ein Blinder, dass sie total auf dich steht.«

»Na und? Ich aber nicht auf sie.«

»Nein?«, fragte Maggie und lächelte spöttisch.

»Nein«, sagte Louis. »Ich bin mit Cosima zusammen, falls du das vergessen haben solltest.«

»Ich hab es nicht vergessen. Ich hab nur das Gefühl, dass es dir ganz gut gefällt, wie Eva-Marie sich an dich ranschmeißt.«

»Das stimmt doch überhaupt nicht«, meinte Louis empört. »Was soll ich denn deiner Meinung nach tun, damit sie mich in Ruhe lässt? Soll ich sie anspucken?«

»Du könntest ihr ja einfach mal klipp und klar sagen, dass sie sich keine Hoffnungen mehr auf dich machen soll. Dass es ein für alle Mal aus ist. Aber das tust du nicht, weil du dir da nämlich selbst nicht so sicher bist.«

»Doch.« Louis wurde jetzt langsam sauer, das war nicht zu überhören. »Ich bin mir sicher. Felsenfest sogar. Ich liebe Cosima.«

Ich liebe Cosima. Wie schön das klang. *Ich liebe dich,* hätte noch viel schöner geklungen, aber diesen Satz würde Maggie nie zu hören bekommen. Jedenfalls nicht von Louis.

»Und ich habe es Eva-Marie auch gesagt. Mehrmals. Das letzte Mal vorhin, als wir zusammen nach Hause gefahren sind«, fuhr Louis fort.

»Ach, wirklich? Und wie hat sie es aufgenommen?«

Er seufzte. »Sie hat es gar nicht richtig zur Kenntnis genommen, befürchte ich. Eva-Marie hört nur das, was sie hören will.«

Wo er Recht hatte, hatte er Recht. »Und was hat das Ganze mit mir zu tun?«, fragte Maggie.

»Ich wollte, dass du Bescheid weißt. Dass da nichts ist zwischen mir und Eva-Marie und dass da auch nie etwas sein wird.«

»Na, hör mal. Es ist mir doch so was von egal, was du mit Eva-Marie machst oder nicht machst«, log Maggie. »Deswegen hättest du nicht extra herkommen müssen.«

»Das stimmt doch nicht. Du bist Cosimas beste Freundin. Ihr mailt ständig miteinander. Und wenn du das Gefühl hast, dass ich Cosima betrüge, dann würdest du ihr das bestimmt nicht verschweigen. Und das will ich nicht. Also, ich meine, ich will nicht, dass Cosima einen falschen Eindruck von mir bekommt.«

»Keine Panik. Ich hab ihr nichts verraten.«

»Es gibt ja auch nichts zu verraten.«

»Okay«, meinte Maggie und versuchte vergeblich, ihrer Stimme einen gelangweilten Klang zu geben.

»Cosima hat im Moment genug zu kämpfen, sie muss sich nicht auch noch Sorgen um unsere Beziehung machen.«

»So weit war ich auch schon.«

»Na, dann ist ja alles klar«, sagte Louis.

»Genau.« Sie wartete darauf, dass er aufstand, aber stattdessen drehte er sich auf ihrem Schreibtischstuhl hin und her und schwieg. Vielleicht wartete er darauf, dass sie noch etwas sagte, aber ihr fiel nichts mehr ein.

»Ich find's übrigens schade, dass du Eva-Marie die Rolle der Julia überlassen hast«, meinte er nach einer Weile.

»Wie kommst du denn jetzt darauf? Woher weißt du überhaupt davon? Hat Brechermaßen dir etwa erzählt, dass er mich angerufen hat?«, fragte Maggie entgeistert.

»Ich hab ihm nach dem Casting gesagt, dass du für mich die beste aller möglichen Julias bist«, sagte Louis. »Da hat er mir erzählt, dass er dir die Rolle schon angeboten hat, du sie aber nicht wolltest.«

»Ich kann nicht schauspielern«, sagte Maggie. »Ich fühl mich total unwohl auf der Bühne.«

»Das kannst du doch gar nicht wissen. Du hast es doch noch nie probiert.«

»Na ja. Jetzt ist es eh zu spät. Eva-Marie würde Amok laufen, wenn man ihr die Rolle wieder wegnimmt.«

»Das stimmt.« Louis grinste, wahrscheinlich stellte er sich ihren Wutausbruch vor. Er mag sie wirklich nicht, dachte Maggie. Und erschrak ein bisschen darüber, wie gut ihr dieser Gedanke tat.

»Ich werd euch auf jeden Fall ein super Bühnenbild für euren Auftritt zimmern«, versprach sie. »Das ist doch auch was wert.«

»Stimmt.« Louis seufzte. »Trotzdem schade. Wir wären ein tolles Liebespaar.«

Maggie schnappte nach Luft.

»Ich meine natürlich: auf der Bühne«, fügte er hastig hinzu.

»Natürlich.« Sie nickte schnell. »Stattdessen hast du jetzt Eva-Marie.«

»Eben.« Er zog eine Grimasse. Dann drehte er sich wieder von links nach rechts und von rechts nach links. Der Schreibtischstuhl quietschte. Maggie suchte fieberhaft nach einer originellen, witzigen, intelligenten Bemerkung, aber ihr Kopf war wie leer gefegt.

»Na dann«, meinte Louis schließlich. »Jetzt mach ich mich mal wieder vom Acker.«

»Okay. Wir sehen uns in der Schule« Super! Ihre Schlagfertigkeit war wirklich beeindruckend. Cosima hätte Louis längst zum Lachen gebracht. Ach nee, Cosima hätte Louis längst dazu gebracht, sie an sich zu reißen und leidenschaftlich zu küssen.

Als er weg war, ließ Maggie sich wieder auf ihr Bett fallen. *Wir wären ein tolles Liebespaar.*

»Oh Mann«, murmelte sie. »Du weißt ja gar nicht, was du da sagst. Du weißt ja gar nicht, wie sehr ich dich liebe.«

8

Von: Maggie
Datum: 14.09 17:59:07 MEZ
Betreff: Romeo hates Julia
An: Cosima

Liebe Schildkröten-Cos,

sorry, sorry, sorry, dass ich mich jetzt erst bei dir melde. Aber ich wusste in den letzten Tagen echt nicht, was ich dir schreiben sollte. Wegen Louis. Und Eva-Marie.
Also erst mal: stimmt. Eva-Marie ist unsere neue Julia. Und Louis spielt natürlich den Romeo.
Aber bevor du jetzt ausrastet und zum Flughafen sprintest: Halt! Ich weiß mit Sicherheit, dass nichts zwischen den beiden ist. Absolut NICHTS! Louis findet Eva-Marie total ätzend.
Warum ich mir da so sicher bin? Weil er es mir selbst gesagt hat. Und weil ich sein Gesicht gesehen habe, als er 1. über Eva-Marie gesprochen hat (total angewidert) und 2. von dir gesprochen hat (total verliebt). Louis ist zwar ein guter Schauspieler, aber so was kann man nicht spielen, dafür leg ich meine Hand ins Feuer.
Er liebt dich. Oh Mann, Cosima, du bist echt zu beneiden. Auch wenn dein Leben im Moment natürlich nicht so rosig

aussieht. Aber die ersten zwei Wochen New York hast du schon hinter dir – und die sind bekanntlich die härtesten. Was macht dein Suppenkasper? Hat er dir den Tritt ins Fettnäpfchen verziehen oder ist er immer noch sauer auf dich? So schlimm war das Ganze auch wieder nicht, finde ich. Immerhin ist Rosie wirklich verrückt, oder?
In meinem Leben gibt es nicht viel Neues. Ätze-Fresse quält uns in Volleyball wie gehabt. Heute Morgen hat Sarah einen Ball ins Gesicht bekommen. Es hat so geknallt, dass wir alle dachten, dass ihre Nase gebrochen ist oder ihr Schädel oder weiß der Teufel was, aber Ätze-Fresse war völlig ungerührt und meinte nur, sie soll sich nicht so anstellen. Immerhin durfte sie sich zehn Minuten an den Rand setzen. :/
Und die Reimann hat einen unangekündigten Chemie-Test geschrieben. Wir haben gerade mal zwei Wochen Schule und dann so was! Damit rechnet doch keiner. Ich hab den Test voll verhauen. Na, das fängt ja super an. :(((
Und bei dir? Was macht die Schule? Was macht das Leben? Und was macht Monster-Lara?
Schreib schnell!!!
xxx
Mag

From: Cosima
Date: 19.09 08:19:07 p. m. EST
Subject: Re: Romeo hates Julia
To: Maggie

Mag,

Louis hat mir geschrieben, dass Brechtermaßen eigentlich dich für die Julia haben wollte. Und du hast ihm einen Korb gegeben, deshalb hat Eva-Marie die Rolle bekommen. :O
Sag mal, hast du vergessen, was wir ausgemacht haben? Was du mir versprochen hast? Dass du dich an Louis dranhängst, so nah es irgendwie geht, ohne dass er misstrauisch wird? Und dann bietet sich dir so eine Chance und du schlägst sie aus? Ich bin total enttäuscht von dir, echt. Ich dachte, ich könnte mich auf dich verlassen. :(
Stattdessen hast du Eva-Marie die Bühne überlassen. Kampflos!! Das kann doch wohl nicht wahr sein. Wenn sie wenigstens irgendwas anderes spielen würden und nicht ausgerechnet ROMEO UND JULIA!!! Da schmachten die sich doch die gaaanze Zeit an, ich weiß Bescheid, ich hab den Film gesehen.
Und während Louis und Eva-Marie knutschen, bastelst du das Bühnenbild. Und erzähl mir bloß nicht, dass Louis Eva-Marie zu nervig findet, um sich in sie zu verknallen. ':/
Spätestens bei der Premiere ändert er seine Meinung. Wenn ihm und seiner Julia nämlich die ganze Schule zujubelt.

Unser Traumpaar. :(((
Maggie, das kannst du nicht wollen!!! Du musst zu Brechtermaßen und ihn bitten, dass er dir noch eine Rolle gibt. Irgendwas Unwichtiges, die Zofe oder den Hofnarren, keine Ahnung, wer in dem Stück so alles mitspielt. Erzähl ihm, dass dir dein Therapeut empfohlen hat, an deiner Bühnenangst zu arbeiten. Oder dass dir Shakespeare persönlich im Traum erschienen ist. Oder erzähl ihm irgendwas anderes, aber lass mich nicht im Stich.
Bitte!!!
Melde mich, sobald es geht, mit News aus meinem Leben.
Cos

Cosima tippte ein Smiley hinter ihren Namen, dann löschte sie es wieder. Sie war sauer. Warum ließ Maggie sie nur so hängen? Erkannte sie die Gefahr wirklich nicht, die von Eva-Marie ausging, oder tat sie nur so, als wäre alles in Ordnung, um Cosima nicht zu beunruhigen?

Als ob ich hier keine anderen Probleme hätte, als mir über Louis und diese blöde Zicke den Kopf zu zerbrechen, dachte sie wütend, während sie ihren Laptop zuklappte und aufstand. »*See you soon*«, rief ihr der Typ hinter der Theke nach, als sie den Laden verließ. Hier im Coffeeshop kannte man sie bereits, weil sie jeden zweiten Abend reinkam, einen Cream frappucino bestellte und ihren Computer startete, während der Barmann den Kaffee zubereitete.

Cosima warf einen Blick auf ihre Armbanduhr. Um Punkt

acht musste sie wieder zu Hause sein, so war es mit Rosie vereinbart. Acht Uhr war natürlich absolut lächerlich, immerhin war Cosima sechzehn und durfte in Deutschland bis um Mitternacht ausgehen. Aber in diesem Punkt ließ Rosie nicht mit sich diskutieren. »*This is New York City and I'm responsible for you.*« Als Cosima vor zwei Wochen einmal die Zeit vergessen hatte, war Rosie kurz nach acht selbst im *Starbucks* aufgekreuzt, um sich davon zu überzeugen, dass mit ihrem Schützling alles in Ordnung war. Da hatte der Barmann vielleicht Augen gemacht.

Alle machten Augen, wenn sie Rosie sahen.

Die verrückte Alte in dem Hippiefummel.

Cosima unterdrückte ein Stöhnen wie immer, wenn sie an ihre blöde Bemerkung in der Galerie dachte. Wenn sie diese bescheuerten sechs Worte nur irgendwie zurücknehmen könnte. Oder wenn sie Caspar wenigstens klarmachen könnte, dass sie es nicht so gemeint hatte. Dass sie Rosie inzwischen sogar ganz nett fand. Total crazy, aber auch in Ordnung. Trotz der fixen Idee, dass Cosima um acht zu Hause sein sollte.

Aber sie hatte keine Chance, mit Caspar zu reden. Er ging ihr aus dem Weg. Obwohl sie zusammen in Rosies winziger Wohnung lebten, begegneten sie einander so gut wie nie. Wenn Cosima morgens zur Schule ging, schlief Caspar noch. Und wenn sie abends nach Hause kam, war er unterwegs. Auch am Wochenende war er eigentlich immer auf Achse, er traf sich mit Freunden, fuhr mit ihnen aufs Land oder sonst wohin. Wenn ich nicht alles vermasselt hätte, würde er mich vielleicht sogar mitnehmen, dachte Cosima, während sie an der Ampel auf Grün wartete.

Rosie hatte ihr erzählt, dass Caspar Regisseur war und eine Theatergruppe leitete. Obwohl er erst achtzehn war, zwei Jahre älter als Cosima.

»*He's like his father*«, erwiderte Rosie. »Sehr kreativ. Und ungeduldig.«

Wie sein Vater. Cosima hätte gerne gefragt, wer Caspars Vater war, was er machte, ob er überhaupt noch lebte. Aber sie traute sich nicht.

»*He's a musician*«, sagte Rosie, die Cosimas Neugierde zu spüren schien. »*Lives in Brooklyn.*« Caspars Vater und Rosie waren nie verheiratet gewesen; sie waren auch erst zusammengezogen, als Caspar geboren wurde. »Das war ein fataler Fehler«, erklärte Rosie. »Wir haben uns so gestritten, dass wir uns fast umgebracht hätten.« Vernünftigerweise hatten sie sich stattdessen getrennt und seitdem verstanden sie sich prächtig.

Die Ampel wurde und wurde nicht grün. Vielleicht war sie kaputt. Aber der Verkehr war viel zu dicht, um bei Rot loszugehen.

Caspar hat bestimmt coole Freunde, überlegte sie. Schauspieler, Künstler. Aber nicht so alt und verschroben wie die von Rosie.

Cosima war jetzt schon drei Wochen in New York, aber sie hatte noch immer keine Freunde gefunden. In der Schule sorgte Monster-Lara dafür, dass sie keinen Anschluss fand. Und am Wochenende hing Cosima die ganze

Zeit in der Wohnung rum und kam nur raus, wenn Rosie sie mit zu einer Grufti-Party oder einer Senioren-Ausstellung schleppte.

»Selbst schuld«, murmelte Cosima. Warum hatte sie bloß ihren Mund nicht halten können!

Ups! Während sie über ihr verpfuschtes Leben nachgedacht hatte, war die Ampel längst umgesprungen. Alle anderen Passanten hatten die Straße bereits überquert. Auch Cosima hastete jetzt los, aber im selben Moment begann die Ampel warnend zu blinken. Gleich würde sie wieder auf Rot schalten. Ein Taxifahrer ließ seinen Motor aufheulen. Cosima begann zu laufen. Sie beeilte sich so, dass sie den Hundehaufen mitten auf dem Fußgängerweg übersah und darauf ausrutschte. Und hinfiel.

In Düsseldorf wäre jetzt ein wildes Hupkonzert losgegangen, aber die amerikanischen Autofahrer waren cooler. Sie hupten nicht lange, sondern fuhren einfach los. Nur der Taxifahrer, vor dessen Stoßstange Cosima zu Boden gegangen war, blieb gnädigerweise stehen. Jetzt kurbelte er sogar das Fenster runter und streckte seinen schwarzen Schädel aus dem Wagen. »*You're alright?*«

»*I'm fine, thanks.*« Einmal abgesehen davon, dass sie mitten auf einer vierspurigen Straße in Manhattan lag und der Verkehr auf beiden Seiten an ihr vorbeibrauste wie ein reißender Fluss.

Sie rappelte sich wieder hoch. Vielleicht sollte sie hier abwarten, bis es wieder grün würde. Aber dann musste auch der Taxifahrer warten, der jetzt schon nicht mehr freundlich aussah. Wenn sie noch länger stehen blieb, würde er aussteigen und sie eigenhändig erwürgen. Cosima holte tief Luft, dann nutzte sie die Lücke zwischen einem Motorradfahrer und einem Bus und rannte los. Aber leider kam hinter dem Bus ein Kleinlaster zum Vorschein, den sie erst bemerkte, als sie vor ihm stand. Der entsetzte Fahrer legte eine Vollbremsung hin. Mit quietschenden Reifen kam der Wagen wenige Zentimeter vor Cosima zum Stehen. Mit knapper Not rettete sie sich auf den Bürgersteig, schloss die Augen und wartete auf den Knall des Auffahrunfalls.

»*Are you okay?*«

»*Yes, I'm fine*«, sagte sie, ohne die Augen aufzumachen.

»*You're sure?*«

Nun öffnete sie sie doch einen Spalt. Der Kleinlaster war weg, auf der Straße strömte der Verkehr, als wäre nichts geschehen. Und neben ihr stand Caspar.

CASPAR! Sie riss die Augen ganz auf.

»*Walk. Don't walk*«, meinte Caspar. »Ganz einfach.«

»*Thanks for reminding me*«, sagte Cosima. »Ich verwechsle das ständig.«

»Das hab ich gemerkt«, meinte Caspar. »Geht's wieder?«

»*I've never felt better.*« Cosima schnupperte verstohlen. Was war denn das eigentlich für ein abscheulicher Gestank, den Caspar da verströmte? Es roch wie …

»Scheiße«, sagte sie betroffen. Das war ja sie selbst, die so stank. Die Hundekacke, auf der sie ausgerutscht war, bedeckte ihre gesamte Rückseite.

»*Pardon?*«, fragte Caspar.

Cosima schüttelte stumm den Kopf. Ob Caspar die Bescherung ebenfalls schon gerochen hatte? Immerhin stand er direkt neben ihr.

»Ich war gerade auf dem Nachhauseweg«, sagte sie hastig, während sie einen Schritt zurücktrat. »Rosie wartet schon auf mich.«

»*I know.* Sie hat mich losgeschickt, um nach dir zu schauen.« Dann verzog er das Gesicht. »*What's this smell?*«

»*Me*«, bekannte Cosima finster.

Er warf einen Blick über ihre Schulter und nickte.

»Ich geh mich umziehen.« Sie drehte sich um und ließ ihn einfach stehen. Das war sie gewesen, ihre zweite Chance mit Caspar. Und sie hatte es wieder verpatzt.

From: Cosima
Date: 24.09 07:01:06 p. m. EST
Subject: Sorry
To: Maggie

Liebe Mag,

seit Tagen keine Antwort von dir. Was ist los? Bist du sauer auf mich? Tut mir leid, wenn ich dich in meiner letzten Mail so angemacht habe. :((((Sorry! Aber für mich ist es der totale Horror, hier rumzusitzen und zu wissen, dass Louis und Eva-Marie miteinander rummachen. Sei nicht mehr böse, ja? Ich verlange auch gar nicht mehr, dass du bei

»Romeo und Julia« mitmachst. Ich verlange gar nichts mehr. Schreib mir einfach wieder, bitte, bitte!
Mein Leben besteht nur noch aus Katastrophen und Schrecklichkeiten. Samstagabend gab es ein Konzert an der Schule. St. Barbara hat nämlich einen tollen Gospelchor, und der tritt regelmäßig auf und sammelt Geld für *charities* und so. Angeblich ist es irre schwer, an Karten ranzukommen, weil die immer alle sofort ausverkauft sind. War mir natürlich so was von egal, ich hatte überhaupt keine Lust auf das Konzert. Ich bin doch froh, wenn ich am Wochenende mal *nicht* zur Schule muss.
Aber am Samstagmorgen hat mir Rosie freudestrahlend eröffnet, dass sie zwei Karten ergattert hat. Wahrscheinlich hat sie erwartet, dass ich ihr vor Begeisterung um den Hals falle. Na ja, ich hab irgendwie ein schiefes Grinsen zustande gebracht. *Thank you very much.* :/
Rosie hat die Gelegenheit natürlich genutzt, um sich monstermäßig aufzudonnern. Sie trug ein knallbuntes Patchwork-Kleid mit Pailletten, riesige Ohrringe aus orangefarbenem Kunststoff und einen Strohhut. Und war ziemlich enttäuscht, als sie mich in dem schwarzen Cocktailkleid sah, das ich nur eingepackt habe, weil Mama darauf bestanden hat, das ich auch »was Festliches« mitnehme.
»It's a concert. Not a funeral«, sagte sie.
Aber ich war eher in Begräbnisstimmung, also passte es wieder ganz gut.
Das Konzert war Spitzenklasse, glaub ich jedenfalls. Irgendwie ist es so an mir vorbeigerauscht. Ich mein, ich

hockte da wie ein Häufchen Elend neben der aufgetakelten Rosie (sie hatte sich zur Feier des Tages sogar geduscht und roch nicht ganz so schlimm nach Schweiß wie gewöhnlich; vielleicht hab ich mich aber auch einfach an den Gestank gewöhnt) und hatte den besten Blick auf die Mädchen aus meiner Klasse, die drei Reihen vor uns saßen, Lara, Ally, Paloma, Joy, sie waren alle da. Und hatten Spaß zusammen. Aber mich haben sie natürlich ignoriert.
»Keiner da, den du kennst?«, fragte mich Rosie.
Nö. Keiner. Schade aber auch.
Zum Glück war Sandra nicht erschienen, sie wär bestimmt hergekommen. Und dann wär ich aufgeflogen. Wahrscheinlich hätte Rosie mich ins Schlepptau genommen und zu den anderen Mädchen gezerrt und sie dafür angemacht, dass sie mich so schlecht behandelt haben. Schauder!
Aber in der Pause ist echt was Komisches passiert. Rosie wollte uns was zu trinken holen, und ich bin raus, um ein bisschen frische Luft zu schnappen. Ich hab mich hinter einen Pflanzenkübel gestellt, weil ich nicht wollte, dass mich jemand sieht und anquatscht. Obwohl die Gefahr offen gestanden nicht sehr groß war. :(
Und wie ich da so stand und fror, weil mein Kleid nämlich viel zu dünn war, hörte ich plötzlich, wie sich zwei Leute auf der anderen Seite des Kübels richtig in die Haare kriegten. Ich wollte nicht lauschen, aber was hätte ich tun sollen? Ich konnte ja schlecht rüber rufen: *Hey, redet mal leiser, ich versteh nämlich jedes Wort.* (Na gut, ich hätte mir die Ohren zuhalten können, aber so taktvoll bin ich dann auch wieder nicht.)

Und das hab ich gehört:
Sie: Bitte, Daddy, bitte. Sag, dass das nicht wahr ist. Das kann nicht wahr sein.
Er: Es ist, wie es ist. Ich finde die Situation auch nicht einfach, das kannst du mir glauben.
Sie: Du hast doch keine Ahnung, wie schlimm es für mich ist. Das hier ist mein Leben.
Er: Meins auch, glaub mir, meins auch.
Sie: Du weißt nichts, gar nichts. Weil du immer nur an dich denkst. Ich kann es nicht fassen, dass du Mum und mir die ganze Zeit was vorgemacht hast. Du hast uns angelogen!
Er *(wird jetzt wirklich sauer)*: Jetzt mach aber mal halblang! Ich hab das ja nicht geplant, es ist einfach so passiert. Und außerdem hab ich mich immer krummgelegt, um euch alles zu ermöglichen, und nun … (*Er unterbricht sich, weil sie schluchzt.)* Nicht weinen, Liebes. Bitte nicht weinen.
Wir finden … *(Aber jetzt putzt sie sich die Nase und trompetet dabei so laut, dass ich kein Wort mehr verstehe.)*
Danach war die interessante Unterhaltung leider beendet.
Der Gong ertönte, das Konzert ging weiter. Die beiden gingen rein und ich bin ihnen gefolgt, so schnell es ging.
Ich wollte sie unbedingt noch sehen, bevor sie im Foyer in der Besuchermenge untertauchten.
Die Stimme des Mädchens war mir nämlich verdammt bekannt vorgekommen. Und das war kein Wunder, das wurde mir klar, als ich hinter den beiden ins Foyer kam.
Es war Lara McAllister. :O
In der zweiten Konzerthälfte saß sie wieder vor mir bei ihren

Freundinnen. Man merkte ihr überhaupt nicht an, dass sie gerade noch geheult hatte. Während der Chor sang, quatschte sie fröhlich mit Paloma, bis Miss Brotherston zu ihnen rüberkam.
Wie deutest du das Ganze? Für mich hört es sich so an, als hätte Laras Vater eine andere. Und als hätte Lara kurz vor dem Konzert erfahren, dass er ausziehen will. Sie hat natürlich keinen Bock auf den ganzen Scheidungskrieg, der jetzt losgeht. Was für ein Stress: Mutti heult die ganze Zeit und Papas neue Freundin gibt das ganze schöne Geld aus.
Ich bin fies, ich weiß :((Als ich Lara und ihren Vater auf dem Schulhof belauscht habe, hat sie mir echt leidgetan. Ich schwör's. Aber wenn ich mir vorstelle, wie sie mich morgen in der Schule wieder anschauen wird (oder vielmehr: wie sie durch mich hindurchschauen wird), dann wünsch ich sie nur noch auf den Mond.
Und du so? Schreib mir bitte! Und sei nicht mehr böse!
Cos xxxx

9

Vielleicht hatte Cosima Recht.

Vielleicht wäre es doch besser gewesen, wenn Maggie sich in der Theatergruppe angemeldet hätte und nicht in der Bühnenbild-AG. Dann wären ihr auf jeden Fall diese grauenvollen Labertreffen erspart geblieben, die Herr Rothenberger veranstaltete.

Sie saßen nun schon zum dritten Mal im Werkraum um ihn herum. Und diskutierten und diskutierten, anstatt endlich mit der Arbeit zu beginnen.

Herr Rothenberger war nämlich nicht nur Kunstlehrer, sondern unterrichtete auch Philosophie. »Ich möchte, dass wir uns dem Stück zuerst intuitiv nähern«, hatte er den Schülern beim ersten Treffen erklärt. »Zuerst einmal müssen wir herausfinden, worum es Shakespeare in seinem Drama ging. Was meint ihr?«

Herr Rothenberger zückte die Kreide, um die Antworten an die Tafel zu schreiben, aber er bekam keine, weil keiner das Stück kannte.

»Na kommt. Traut euch«, sagte Rothenberger. »Was ist Shakespeares wichtigstes Thema?«

»Die Liebe«, mutmaßte Karla.

»Verbotene Liebe«, ergänzte Mia.

»Und der Tod«, sagte Henning, der die Zusammenfassung auf Wikipedia gelesen hatte.

Rothenberger nickte zufrieden und schrieb alles auf. *Feindschaft, Leidenschaft, Selbstbestimmung, Gewalt.*

»Aufbruch«, sagte Rothenberger. »Das würde ich auch noch dazunehmen, wenn ihr einverstanden seid.«

Allgemeines Schulterzucken. Die meisten waren eigentlich nur deshalb in der Bühnenbild-AG, weil sie nicht so viel reden, sondern lieber bauen wollten. So weit waren sie aber noch lange nicht. Erst mussten die Begriffe in ein Sinngerüst gebracht werden – wie Rothenberger es ausdrückte – und dann war das erste Treffen auch schon zu Ende.

Beim zweiten Mal diskutierten sie die Rolle von Romeo und Julia vor dem historischen Hintergrund des 16. Jahrhunderts in England und was das Ganze mit ihrer Gegenwart zu tun hatte.

Zum nächsten Treffen kamen dann nur noch vier von ursprünglich zwanzig Schülern, da merkte auch Rothenberger, dass er übertrieben hatte. Und kam endlich zur Sache. Nachdem sie sich eine Stunde lang an ihren Zeichenblöcken ausgetobt hatten, einigten sie sich auf einen Bühnenbildentwurf, der hauptsächlich aus Türen bestand.

»Türen, die sich öffnen und wieder schließen, Fluchttüren und Notausgänge. Eingänge und Türen zu neuen Möglichkeiten. Aufbruch.« Herr Rothenberger strich zufrieden über den Plan, den sie alle zusammen ausgearbeitet hatten und der jetzt vorne an der Tafel hing. »Aber zu viert ist das nicht zu schaffen. Vielleicht redet ihr noch mal mit euren Kollegen und versucht sie dazu zu motivieren, wieder mitzumachen.«

»Wie findest du den Entwurf?«, erkundigte sich Philipp bei Maggie, als sie den Werkraum gemeinsam verließen.

»Ganz gut.« Maggie zuckte mit den Schultern. »Aber irgendwie hab ich das Gefühl, dass Rothenberger das mit den Türen von vorneherein geplant hat. Das Drumherumgerede hätten wir uns auch sparen können.«

»Na, hör mal! Wenn die konzeptionelle Basis nicht korreliert, dann ist doch wohl auch die relevante Kongruenz des Ursächlichen im Prinzipiellen gefährdet«, meinte Philipp, wobei er Rothenbergers näselnden Tonfall imitierte.

Maggie lachte. »Die Türen können wir uns aber nicht zurechtlabern. Wir müssen richtig reinhauen, damit wir bis zur Aufführung fertig werden.«

»Vielleicht kommen die anderen ja wieder, wenn sie hören, dass es jetzt endlich losgeht«, meinte Philipp. »Ich find's jedenfalls gut, dass du dich nicht entmutigen lässt.«

»Nee, ich bin hart im Nehmen«, sagte Maggie und musste unwillkürlich an Cosima denken, die sie von New York aus herumkommandierte, als wäre Maggie ihre persönliche Bedienstete. Na ja, in ihrer letzten Mail hatte sie sich zumindest entschuldigt.

»Ich fahr jetzt in die Stadt. Hast du Lust mitzukommen?«, fragte Philipp. »Ich lad dich auch auf einen Bubble Tea ein.«

Das wird leider nichts, wollte Maggie gerade noch sagen, weil sie sich eigentlich vorgenommen hatte, nach der Bühnenbild-AG noch bei der Theatergruppe vorbeizuschauen. Aber vermutlich war die Probe ohnehin schon beendet. Und außerdem – warum sollte sie sich damit quälen, Louis dabei zuzusehen, wie er Eva-Marie oder Cosima oder irgendein anderes Mädchen anhimmelte? Cosima würde nicht im Traum daran denken, etwas Ähnliches für mich zu tun, dachte sie plötzlich.

»Maggie? Hallo? Hast du mir zugehört?«, fragte Philipp.

»Ja, klar. Sorry. Ich hab nur grade an was anderes gedacht.«

»Das hab ich gemerkt. Woran denn?«

»Das war total unwichtig. Ich komm gern mit in die Stadt. Und ich liebe Bubble Tea.«

Philipp war mit Maggie in Deutsch, Mathe und Biologie, aber bisher hatte sie ihn kaum beachtet. Eigentlich war er ihr erst in der Bühnenbild-AG aufgefallen.

»Kunst war schon immer mein Ding«, erzählte er, als sie in der U-Bahn saßen. »Ich will später auf jeden Fall was Kreatives machen.«

»Willst du Bühnenbildner werden?«, fragte Maggie.

»Vielleicht. Obwohl, wenn alle Regisseure so viel labern wie der Rothenberger …«

»Nur wenn sie nebenher Philosophie unterrichten.«

»Dann ist es vielleicht eine Möglichkeit. Aber ich könnte mir auch vorstellen, Comics zu machen. Oder Trickfilme oder irgendwas in der Art. Ich zeichne total gerne. Und du?«

»Was – und ich?«

»Willst du auch Kunst studieren?«

»Nee, bestimmt nicht. Ich bin total unkreativ.«

»Echt? Was machst du denn dann in der Bühnenbild-AG? Na, ist ja auch egal. Wir müssen jetzt hier raus.«

Philipp nahm sie zuerst mit in einen Künstlerladen, wo er sich einen neuen Skizzenblock und Kohlestifte kaufte. Danach gingen sie zu Bubble Tea und probierten sich durch alle Geschmacksvariationen, bis ihnen schlecht wurde. Und sie unterhielten sich dabei und stellten fest, dass sie erstaunlich viel gemeinsam hatten. Sie hatten beide den neuen *Spiderman* gesehen und fanden ihn toll, sie standen auf Jupiter Jones, Gotye und Snow Patrol. Beide hatten eine Vier in Mathe und eine Eins in Sport und Kunst. »Ich dachte, du bist total unkreativ«, sagte Philipp. »Wie kommst du denn dann zu einer Eins in Kunst?«

»Kunstunterricht hat doch nichts mit Kreativität zu tun.«

»Ich glaube, du unterschätzt dich total«, erklärte Philipp.

Es tat gut, mit Philipp zu reden, stellte Maggie fest. Es fühlte sich viel besser an, als wenn sie mit Louis zusammen war, weil sie Philipp gegenüber kein bisschen verkrampft war. Und natürlich entging ihr auch nicht, dass Philipp ziemlich interessiert an ihr war. Was er alles über sie wusste, er musste sie schon länger beobachtet haben! Und sie hatte ihn nie beachtet.

Vielleicht ist das ja die Lösung, dachte Maggie. Dass ich Louis einfach vergesse und mich stattdessen mit jemandem anfreunde, der mich nicht nur *in Ordnung* findet, sondern wirklich toll. Als Philipp Maggie einlud, am Wochenende mit ihr ins *Zweitausendeins* zu gehen, stimmte sie sofort zu. Und genoss es, als sie sah, wie Philipp vor Freude rot wurde.

War doch ein gutes Gefühl, wenn mal jemand anders rot wurde.

22:07 MEZ
SMS von Maggie an Cosima

bin nicht sauer, hab nur keine zeit zum schreiben. melde mich spätestens morgen! versprochen! :)

Keine Zeit zum Schreiben. Das war ausnahmsweise mal nicht gelogen. Maggie hatte nämlich wirklich andere Probleme. Sie saß bis zum Hals in der Tinte und musste so schnell wie möglich einen Weg finden, wie sie da wieder rauskam.

Als sie vorhin aus der Stadt zurückgekommen war, hatte Eva-Marie auf den Stufen vor ihrem Haus gesessen. »Wartest du auf mich?«, fragte Maggie. Sie war überrascht, dass Eva-Marie überhaupt wusste, wo sie wohnte.

»Allerdings.« Eva-Marie sprang auf und kam auf Maggie zu. Sie trat so nah vor sie hin, dass Maggie unwillkürlich einen Schritt zurückwich. »Was verbreitest du da für einen Schwachsinn über mich?«, fragte sie mit gefährlich leiser Stimme.

»Bitte?«, fragte Maggie. »Ich verbreite … was? Was redest du denn da?«

»Tu doch nicht so. Du schreibst doch ständig an Cosima!«

Ständig. Das war ja nun wirklich übertrieben, wenn man bedachte, wie lange sich Maggie nicht mehr in New York gemeldet hatte. Und außerdem – was ging das Eva-Marie an?

»Na und?«, fragte Maggie.

»Du hast Cosima geschrieben, dass ich scharf auf Louis bin.« Wenn ihr Eva-Marie nur nicht so eng auf die Pelle gerückt wäre. Irritierenderweise benutzte sie das gleiche Parfüm wie Cosima. Ob das eine perfide Taktik war, um Louis einzuwickeln? Jungs waren ja so leicht zu beeinflussen. Aber jetzt war nicht der richtige Zeitpunkt, um darüber nachzudenken.

»Bist du doch auch«, meinte Maggie. »Das ist doch nicht zu übersehen, wie du dich an ihn ranschmeißt.«

Eva-Marie schnappte empört nach Luft. Ihr Gesicht verfärbte sich. Erst Philipp, nun auch Eva-Marie, heute brachte Maggie alle zum Rotwerden. Obwohl es bei Eva-Marie bestimmt nicht daran lag, dass sie sich so über Cosimas Bemerkung freute.

»Aber beruhig dich wieder«, fuhr Maggie mit kühler Stimme fort. »Ich hab Cosima nichts geschrieben und ich werd ihr auch in Zukunft nichts verraten. Warum auch? Ich weiß ja, dass Louis nicht auf dich steht. Hat er mir selbst gesagt. Wenn ich dir einen guten Tipp geben darf: Schlag ihn dir aus dem Kopf. Das wird nichts mit euch beiden.«

»Sag mal, spinnst du?«, zischte Eva-Marie. »Du weißt doch gar nicht, was zwischen mir und Louis abgeht. Und ich will ja auch gar nichts von ihm, wir sind nur total gute Freunde. Und das lass ich mir von dir nicht kaputt machen.«

»Bitte, ich misch mich da bestimmt nicht ein. Ich frag mich allerdings, wie du darauf kommst, dass ich Cosima von dir geschrieben habe.«

»Diese hysterische Kuh macht Louis die Hölle heiß. Seit Tagen bombardiert sie ihn mit SMS und Mails und verlangt von ihm, dass er die Theater-AG aufgibt, weil sie es nicht ertragen kann, dass wir als Liebespaar zusammen auf der Bühne stehen. Und nun denkt er ernsthaft darüber nach, alles hinzuschmeißen.« Eva-Marie spuckte die Worte vor Wut nur so aus. Maggie wischte sich angewidert über die Nase.

»Cosima will, dass Louis seine Rolle abgibt?«, fragte sie ungläubig. »Das kann ich mir überhaupt nicht vorstellen. Da hast du was falsch verstanden. Ich glaube eher, dass ihn die ständigen Proben mit dir nerven. Und deine Selbstbeweihräucherung. Kann man ja auch verstehen, oder?«

Sie lächelte Eva-Marie freundlich an. Verständlicherweise lächelte Eva-Marie nicht zurück. Ihre Augen waren hasserfüllte, schmale Schlitze.

»Ich weiß, was du willst, Maggie«, sagte sie leise.

»Was ich … hä? Was will ich denn?«

»Louis. Du willst ihn für dich.«

Verdammt. Das war gemein. Und leider auch ziemlich überraschend. »Ich?«, stammelte Maggie. »W… w… w… wie meinst du das? Louis ist Cosimas Freund. Ich m… m… meine, er ist absolut tabu für mich. Ich würde niemals …«

Viel zu viele Worte, dachte sie und unterbrach sich. Wenn sie wirklich nichts für Louis empfinden würde, hätte sie viel cooler reagiert. Aber mit dem Gestammel und Gestotter verriet sie sich.

Maggie war das Lächeln vergangen, dafür strahlte Eva-Marie jetzt, als hätte sie soeben erfahren, dass Cosima ganz spontan einen Amerikaner geheiratet hatte und für immer und ewig in den Staaten bleiben wollte.

»Du müsstest dich mal sehen, wenn du mit Louis sprichst, Maggie. Du zerschmilzt ja förmlich. Wie Schokolade in der Sonne.«

Quatsch, wollte Maggie sagen, aber sie brachte keinen Ton heraus. War es wirklich so offensichtlich, dass sie in Louis verknallt war? Wenn Eva-Marie es wusste, dann musste er selbst es auch schon gemerkt haben. Wie peinlich, wie oberpeinlich!

»Und du wirst knallrot. Genau wie jetzt. Total süß!«, säuselte Eva-Marie. Dann wurde ihr Gesicht wieder hart. »Das ist absolut lächerlich. Ich meine, ein Typ wie Louis hat doch einen gewissen Anspruch.«

Maggie wurde schwindlig. In ihren Ohren rauschte das Blut. Zu ihrer Überraschung stellte sie fest, dass sie nicht mehr verlegen war, sondern wütend. Sie spürte den fast unwiderstehlichen Drang, sich auf Eva-Marie zu stürzen, die Hände um ihren Hals zu legen und dann …

Eva-Marie entging das nicht. Es war bestimmt nicht das erste Mal, dass sie jemanden zur Weißglut trieb. Jedenfalls wurde sie ziemlich nervös . »Ich muss jetzt los«, erklärte sie hastig. Dann entfernte sie sich, allerdings ging sie rückwärts. Wahrscheinlich hatte sie Angst, dass Maggie sich in blindem Zorn auf sie stürzen könnte, wenn sie ihr den Rücken zudrehte.

Wenn sie jetzt geht, weiß morgen die ganze Schule, dass ich in Louis verliebt bin, dachte Maggie. Sie wird es allen erzählen, ihren eigenen Freunden, meinen Freunden. Cosima. Louis.

Das durfte nicht geschehen. Das musste Maggie verhindern. Aber wie, wenn sie Eva-Marie nicht wirklich umbringen wollte?

Der rettende Einfall kam ihr, als Eva-Marie schon mehrere Meter entfernt war. Und in ihrer Verzweiflung stürzte sie sich auf diese Eingebung wie ein durstiges Kamel auf ein Wasserloch in der Wüste. Sie sagte: »Du hast Recht, ich bin verliebt. Aber nicht in Louis.«

Eva-Marie, die sich inzwischen abgewendet hatte, drehte sich blitzartig wieder zu ihr um. »Nein? In wen denn dann?«

»In Philipp Glasmacher«, sagte Maggie.

Eva-Maries Augen verengten sich vor Misstrauen. »Echt?«

Maggie schwitzte. Nein, hätte sie am liebsten gerufen. Das war nur ein Witz, vergiss es wieder. Aber jetzt konnte sie nicht mehr zurück.

»Wir sind seit heute zusammen«, erklärte sie laut.

»Echt?«, fragte Eva-Marie noch einmal. Als ob die Vorstellung, dass sich jemand in Maggie verlieben könnte, ganz und gar absurd wäre.

»Meinst du etwa, ich denk mir so was aus?«, fragte Maggie feindselig.

»Nein, nein«, sagte Eva-Marie. »Na dann ist ja gut. Ich muss jetzt wirklich …« Sie eilte weg, ohne den Satz zu beenden. Und ließ Maggie allein zurück, die ihr zuerst triumphierend nachblickte, bis ihr langsam dämmerte, was für eine Riesendummheit sie gerade gemacht hatte. Mit ihrer Lüge hatte sie sich nicht gerettet, sondern in noch größere Schwierigkeiten hineinkatapultiert.

Statt überall herumzuerzählen, dass Maggie in Louis verliebt war, würde Eva-Marie jetzt eben die frohe Botschaft von Maggies und Philipps Liebe verkünden. Es war nur noch eine Frage der Zeit, bis Philipp selbst davon erfuhr.

10

07:55 EST

SMS von Cosima an Maggie

was ist los, Mag????? SCHREIB! :(

Es war zum Verrücktwerden! Maggie ließ nichts von sich hören. Eine kurze SMS, das war alles, was Cosima in den letzten sechs Tagen von ihr bekommen hatte. *Ich melde mich spätestens morgen,* hatte sie ihr versichert. Aber inzwischen war *morgen* auch in Deutschland *gestern* und Cosima saß immer noch auf dem Trockenen.

Louis hatte geschrieben, aber er erwähnte Maggie mit keinem Wort. Er schrieb auch nichts mehr über Eva-Marie oder über die Theater-AG, nachdem Cosima sich nach seiner letzten Mail darüber beschwert hatte, dass er nur noch von seiner Exfreundin schwärmte. Dabei hatte er gar nicht geschwärmt, sondern hauptsächlich darüber gejammert, dass Eva-Marie so zickig war. Einmal abgesehen von dem kleinen Nebensatz, der Cosima zum Toben gebracht hatte. *Eva-Marie ist allerdings eine Super-Schauspielerin, das muss man ihr lassen.*

Vielleicht hätte sie besser nicht darauf eingehen sollen. In der nächsten Mail hatte Louis sich jedenfalls mächtig angestrengt, alle Fettnäpfchen und Tretminen zu vermeiden. Das Ergebnis war ein total langweiliger Brief, in dem er sich ununterbrochen erkundigte, wie es Cosima ging, und überhaupt nichts von sich selbst schrieb.

»Ihr könnt mich doch alle mal.« Cosima schaltete ihr Handy auf lautlos, warf es in ihre Tasche und ging ins Klassenzimmer. Ein schneller Blick zu Laras Platz. Sie war da, natürlich war sie da. Wie hatte Cosima jemals annehmen können, dass sie die Schule verlassen könnte.

Seufzend ließ sie sich auf ihren Stuhl fallen.

»Hi! Are you okay?«, fragte Sandra.

»Sure.« Wie Sandra wohl reagiert hätte, wenn Cosima die Wahrheit gesagt hätte? Mir geht's total beschissen. So was wollte niemand hören.

Außer Rosie. Die interessierte sich brennend dafür, wie es Cosima wirklich ging. Seit dem Konzert war sie noch besorgter um sie, weil sie es einfach nicht fassen konnte, dass Cosima den ganzen Abend lang mit keiner Schulkameradin gesprochen hatte.

»That's enough«, hatte sie heute Morgen beim Frühstück verkündet. *»It's time to change your life.«*

»Mein Leben verändern?«, erkundigte sich Cosima verängstigt. »Was meinst du denn damit? Und warum sollte ich mein Leben überhaupt verändern wollen?«

»You and Caspar«, sagte Rosie. »Ihr solltet zusammenkommen.«

»What?« Cosima war entsetzt. *»You know I've got a boyfriend in Germany!«*

Aber so hatte Rosie das natürlich nicht gemeint. Sie war nur der Meinung, dass Caspar sich um Cosima kümmern sollte, solange sie beide in New York waren. »*You need friends, he's got them*«, sagte sie.

Du brauchst Freunde, er hat welche, so einfach war das für Rosie. Und so einfach wäre es vielleicht auch für Cosima gewesen, wenn sie Caspar nicht gleich beim ersten Treffen vor den Kopf gestoßen hätte.

»*No*«, sagte sie. Die Vorstellung, dass Caspar sie mit zu seinen Freunden schleppte, nur weil Rosie das von ihm verlangte, war nun wirklich unerträglich. »Ich bleibe lieber zu Hause. *Really. I'm rather shy.*« Ich bin ziemlich schüchtern. Ihre Freunde in Deutschland hätten jetzt gebrüllt vor Lachen.

»*Nonsense.*« Rosie schüttelte nur verächtlich ihre Dreadlocks. »*Caspar is fun.* Vieler Spaß«, setzte sie noch auf Deutsch hinzu und zwinkerte Cosima zu. »*Don't worry about it. Just let me handle this.*«

Als ob das kein Grund zur Sorge wäre.

Jetzt betrat Miss Brotherston den Raum. »*Morning, girls!*«

Sandra klappte ihr Mathebuch auf.

Ein neuer schrecklicher Schultag hatte begonnen. Und auf den schrecklichen Schultag würde ein schrecklicher Abend folgen. Cosima stellte sich vor, wie Rosie in Caspars Zimmer trat. *Ich muss mit dir über Cosima reden. Sie ist total einsam. Ich will, dass du dich um sie kümmerst.* Und dann würde Caspar auspacken. *Weißt du eigentlich, was diese eingebildete Tussi von dir hält? Wie sie über dich herzieht? Sie hat dich als verrückte Alte bezeichnet. Und sich über deine Klamotten lustig gemacht.*

»*That's not very nice*«, hörte Cosima Rosie sagen. »Ich bin sehr enttäuscht von dir.«

Jetzt kann ich wirklich einpacken, dachte Cosima.

Einpacken und abhauen. Diese Vorstellung war eigentlich sehr verlockend.

From: Cosima
Date: 01.10 01:16:06 p. m. EST
Subject: Philipp
To: Maggie

Liebe Mag,

Louis hat mir geschrieben, dass du mit Philipp Glasmacher zusammen bist. Und Lidan sagt auch, es stimmt. Maggie, wer ist Philipp Glasmacher? Er ist auch in der zehnten, schreibt Lidan, aber ich hab keine Erinnerung an ihn. Kenne ich ihn?
Warum erfahre ich von anderen, dass sich meine beste Freundin verliebt hat? Warum höre ich nichts von dir, kein Sterbenswörtchen seit über eine Woche? Das mit Philipp hat doch nicht einfach so angefangen, wie ich dich kenne, warst du bestimmt schon lange in ihn verknallt. Und hast es dir gründlich überlegt, bevor du ihm eine Chance gegeben hast.

Ach Maggie, ich find das richtig gemein. Ich breite meine Seele vor dir aus und schreib dir, wie Lara mich mobbt und wie ich vor Caspar in der Hundescheiße ausrutsche und mich vollkommen zum Idioten mache. Und du erzählst mir nichts. NICHTS! :((
Falls es dich überhaupt noch interessiert: Hier hat sich einiges verändert. Oder besser: ziemlich viel. Oder noch besser: ALLES. Caspar hat mich nämlich zu einer Theaterprobe mitgenommen. Nicht weil er das wollte, sondern weil er musste. (Ich sag nur: Rosie ;-/)
Und bei der Probe … Ach nee, das erzähl ich nicht. Wahrscheinlich willst du es eh nicht hören. Kannst dich ja mal melden, wenn dir danach ist. Aber wahrscheinlich hast du keine Zeit dafür. Hast ja nun was Besseres zu tun.

Liebe Grüße
Cos x

Von: Maggie
Datum: 02.10 15:40:07 MEZ
Betreff: Re: Philipp
An: Cosima

Meine allerbeste, treueste, liebste Schildkrötenfreundin,

sorry, sorry, sorry! Ich hätte mich viel früher melden müssen, ich weiß :((Und ich wollte mich auch früher melden, ich hab's wirklich versucht. Aber schreiben ging gar nicht. Ich war so durcheinander, ich hab immer wieder angefangen und dann alles direkt wieder gelöscht. Wenn du hier gewesen wärst, hättest du alles brühwarm und von Anfang an erfahren, ganz bestimmt. Aber du bist ja nicht hier. Und wir können nicht mal skypen.

Ich weiß genau, wie du jetzt guckst. Du ziehst die Brauen zusammen und presst die Lippen aufeinander, bis sie ganz weiß sind. Und ich weiß auch, was du sagst. Du sagst: Jetzt komm endlich mal zur Sache, MANN!

Okay, okay.

Also: Ja, ich bin mit Philipp zusammen. Und nein, ich hab mir das Ganze nicht lange und sorgfältig überlegt. Ich bin irgendwie in die Beziehung reingerutscht. Und jetzt hab ich einen Freund. <3

Philipp ist wirklich nett, ich weiß gar nicht, warum er mir früher nie aufgefallen ist. Er ist in der Bühnenbild-AG (Siehst du? Es war doch gut, dass ich keine Rolle in dem Stück übernommen habe! @->–>-)

Vor Kurzem hat er mich zu Bubble Tea eingeladen und da hat es direkt gefunkt.

Na ja, wahrscheinlich kannst du verstehen, dass ich dadurch in letzter Zeit ziemlich viel um die Ohren hatte. ;-) Um Louis und Eva-Marie hab ich mich, ehrlich gesagt, so gut wie gar nicht mehr gekümmert. Aber ich bin mir ganz sicher, dass Louis Eva-Marie genauso nervig findet wie du und ich auch. Abgesehen von den Theaterproben sieht man die beiden auch niemals zusammen.

Was ist denn nun bei dir in New York los? Selbstverständlich interessiert es mich brennend, wie es mit Rosie, Caspar und dir weitergegangen ist. Und das mit Lara natürlich auch – weißt du denn, was ihr Vater beruflich macht? Hab den Namen mal gegoogelt, aber leider gibt es so viele McAllisters in New York, dass ich nicht weiß, wo ich anfangen soll. Aber vielleicht kriegst du ja raus, wo sie wohnt.
Ich muss jetzt los, bin um vier mit Philipp verabredet. Bitte schreib schnell! Und sei nicht mehr sauer. In Zukunft erfährst du alles wieder als Erste, ich schwör's!

Dicker Krötenkuss xx
Mag

Maggie drückte auf *Senden,* ohne sich die Mail vorher noch mal durchzulesen. Sonst hätte sie das Ganze vermutlich wieder gelöscht wie die letzten fünf, zehn oder zwanzig Mails auch. Und Cosima wäre noch saurer auf sie geworden.

Es war ja auch ein Hammer. Dass Cosima erst von Louis und Lidan erfahren hatte, dass Maggie einen Freund hatte. Ich wäre an ihrer Stelle auch ausgerastet, dachte Maggie.

Wirklich. Ganz bestimmt. Ehrlich. Ich schwör's. Obwohl Maggie die Mail vor dem Absenden nicht mehr gelesen hatte, flatterten diese Worte immer noch durch ihren Kopf wie Fledermäuse, die die Orientierung verloren hatten. Dabei war die Mail eine einzige Lüge, auch wenn sie hundertmal das Gegenteil beteuerte.

Oder zumindest nur die halbe Wahrheit. Denn eines stimmte: Maggie war jetzt mit Philipp Glasmacher zusammen.

Nachdem Eva-Marie abgedampft war, um die frohe Nachricht überall zu verbreiten, war Maggie ins Haus gerannt und hatte Philipp angerufen. Und dann hatte sie ihm am Telefon ihre Liebe gestanden.

Das Ganze kam natürlich vollkommen überraschend für ihn. Er war einmal mit Maggie in der Stadt gewesen und hatte mit ihr Bubble Tea getrunken und schon warf sie sich ihm an den Hals wie eine Ertrinkende dem Rettungsschwimmer? Maggie hätte es nur zu verständlich gefunden, wenn er befremdet aufgelegt hätte.

Aber das tat er nicht. Er war außer sich vor Freude.

»Echt?«, fragte er immer wieder – genau wie Eva-Marie, nur dass er dabei total glücklich klang. »Ist das dein Ernst?«

»Klar«, beteuerte Maggie und kam sich falsch und verlogen vor. Sie war ja auch falsch und verlogen.

Sie machte Philipp etwas vor, weil sie ihm ja nun schlecht die Wahrheit sagen konnte: dass er nur eine Notlösung für sie war. Und Philipp merkte es nicht, weil er es nicht merken wollte. Weil er ganz verrückt nach Maggie war.

Jeden Morgen holte er sie mit dem Fahrrad ab, obwohl er in der Kreuzberg-Siedlung wohnte und deshalb einen beträchtlichen Umweg machen musste. Und nach der Schule brachte er sie auch wieder nach Hause. Manchmal wartete er sogar eine Stunde in der Schule auf sie, wenn sie länger Unterricht hatte. »Ich mach das total gerne«, beteuerte er.

»Wir haben doch so wenig Zeit füreinander. Ich freu mich über jede Minute, die ich mit dir zusammen bin.«

Wir haben doch so wenig Zeit füreinander. So empfand er es. Maggie dagegen hatte das Gefühl, dass sie nur noch mit Philipp zusammen war, seit sie sich Eva-Marie gegenüber verplappert hatte.

Bevor Maggie auf ihr Fahrrad stieg, warf sie einen schnellen Blick auf die Uhr. Schon fünf vor vier, ach du Schreck! Zum Ufa-Palast, wo sie mit Philipp verabredet war, brauchte sie mindestens eine Viertelstunde. Sie würde wieder einmal zu spät kommen.

Aber Philipp würde es ihr nicht übel nehmen. Ganz egal, ob Maggie sich verspätete oder ihr Treffen kurz vorher absagte oder ob sie Philipp ganz vergaß, wie neulich, als er nach der sechsten Stunde vergeblich auf sie gewartet hatte, weil sie nämlich schon nach der fünften nach Hause gefahren war – Philipp blieb immer geduldig und verständnisvoll. Kann doch mal passieren, sagte er. Und küsste sie.

Maggie fuhr schneller. Philipps Küsse waren ein positiver Nebeneffekt der ganzen verworrenen Geschichte. Zu ihrer Erleichterung küsste er nämlich wirklich gut.

Nach ihrem ersten Anruf war er gleich bei ihr vorbeigekommen. Maggies Mutter hatte die Tür aufgemacht, Philipp war in Maggies Zimmer gestürmt und hatte sie umarmt und geküsst. Einfach so, als ob es die selbstverständlichste Sache der Welt wäre. Und Maggie war zuerst furchtbar erschrocken, aber dann ließ sie sich in Philipps Arme fallen und genoss seine Zärtlichkeiten.

Sie hatte keine großen Vergleichsmöglichkeiten, vor Philipp hatte sie nur Moritz und Jan geküsst und mit beiden war es schrecklich gewesen. In Moritz und Jan war sie ja auch verliebt gewesen, weshalb sie sich beim Küssen die ganze Zeit gefragt hatte, ob sie ein blödes Gesicht machte oder ob sie zu aufdringlich war oder zu passiv. Bei Philipp dagegen war sie vollkommen relaxed. Sie hatte nichts zu verlieren.

Zehn nach vier. Maggie schoss um die Straßenecke. Da hinten war das Kino und vor dem Kino stand Philipp.

»Zu spät«, meinte er betrübt, als sie vor ihm aus dem Sattel sprang. »Der Film ist ausverkauft.«

»Oh nee! Na, so ein Mist.«

»Ich hätte noch zwei Karten kriegen können, aber jetzt sind alle weg …«

»Echt? Warum hast du denn nicht zugeschlagen?«

»Ich war mir nicht sicher, ob du noch kommst. Und ich konnte dich auf dem Handy nicht erreichen. Wenn du vergessen hättest, dass wir verabredet sind, dann hätte ich die zwei Karten umsonst gekauft. Tut mir leid.«

Das machte sie sauer. Nicht dass er keine Karten gekauft hatte, sondern dass er sich dafür entschuldigte. Dabei war sie zu spät gekommen.

»Ist doch nicht schlimm«, meinte sie trotzdem. »Aber was machen wir jetzt?«

»Hier in der Nähe gibt's eine total gute Eisdiele. Da können wir das Kinogeld verprassen.«

Sie ließen die Fahrräder vor dem Kino stehen und gingen

zu Fuß weiter. Er legte den Arm um sie und zog sie an sich. »Schön«, sagte er leise.

»Was?«, fragte sie, obwohl sie genau wusste, was er meinte.

»Dass du bei mir bist. Dass ich dich umarmen kann. Das ist echt schön.«

Sie lächelte ihn an. Das war wirklich schön.

Sie bestellten zwei große Portionen Eis mit Sahne. »Aber heute lade ich dich mal ein«, meinte Maggie, als die Bedienung mit den Bechern kam. »Geht ja nicht, dass du die ganze Zeit zahlst.«

»Meinetwegen«, meinte Philipp. »Wenn es dich glücklich macht.«

Er nahm einen Löffel Eis und schloss voller Genuss die Augen. »Das Fruchteis hier ist absolut geil. Pfirsich-Maracuja. Genial.«

»Das sagst du mir jetzt? Hättest du ja auch vor dem Bestellen mal erwähnen können.«

»Hab ich irgendwie vergessen. Willst du mal kosten?«

»Unbedingt.«

Er tauchte seinen Löffel in das Eis und streckte ihn ihr hin. »Hm«, meinte sie. »Du hast Recht. Das schmeckt wirklich obermegageil. Und ich hab nur Milcheis bestellt, ich Blöde.«

»Sollen wir tauschen?«

»Quatsch. Wir kommen einfach noch mal her.«

»Du kannst mein Eis gerne haben. Ich kenn nämlich noch was viel Leckeres als dieses Eis.«

»Was denn?«

Da küsste er sie. Sein Zunge schmeckte nach Pfirsich und Sahne, wie ihre eigene vermutlich auch. »Köstlich«, meinte er, als sie sich wieder voneinander lösten.

»Ja, die Sorte ist auch nicht übel,« meine Maggie. »Das muss ich zugeben.«

Und dann sah sie Louis. Er saß mit einem anderen Typ aus der Footballmannschaft an einem der Nachbartische und schaute zu ihr rüber. Und gerade eben, als sie Philipp geküsst hatte, hatte er sie auch angesehen, da war sich Maggie ganz sicher.

Jetzt hob er die Hand und grüßte.

Sie grüßte zurück, aber ihre Hand zitterte so, dass sie sie schnell wieder sinken ließ.

Philipp drehte sich um. »Oh, da sind Louis und Mats. Hi!«

Dann wandte er sich wieder seinem Eis zu. »Was ist los?«, fragte er irritiert, als er nach einer Weile aufblickte und merkte, dass Maggie ihr Eis noch gar nicht angerührt hatte. »Ach so. Ich bin ja ein Trottel. Hier.« Er schob ihr seinen Früchtebecher hin und zog stattdessen ihren Schokobecher zu sich.

»Lass mal«, sagte Maggie schwach. »Mir ist auf einmal total übel. Ich glaub, ich krieg gar nichts runter.«

»Übel?« Er musterte sie irritiert. »Aber gerade eben ging's dir doch noch bestens!«

»Ich hab das manchmal. Das geht auch wieder vorbei.« Maggie sah, wie Louis und Mats zahlten, dann standen sie auf und gingen weg, ohne dass Louis sich noch mal zu

Maggie umwandte. Maggies Herz raste, ihre Hände waren schweißnass, ihr Bauch tat weh. Sie hätte am liebsten den Kopf auf den Tisch gelegt und geweint.

»Echt? Hm. Das klingt aber gar nicht gut. Damit solltest du vielleicht mal zum Arzt.«

»Der kann mir auch nicht helfen«, murmelte Maggie. Sie wusste ja ganz genau, was mit ihr los war. Sie war verliebt, total verliebt. Aber leider nicht in Philipp.

11

Es war genau, wie Cosima befürchtet hatte. »Meine Mum hat vorgeschlagen, dass ich dich mal zur Theaterprobe mitnehme«, sagte Caspar, als Cosima ihm das nächste Mal im Flur begegnete. *Vorgeschlagen* sagte er, anstelle von *befohlen*, aber sie wussten beide Bescheid. *»Do you want to go?«*

»Well«, sagte Cosima zögernd. Dann machte sie eine Pause, weil ihr beim besten Willen nichts einfiel, was dagegen sprach. Na gut, Caspar hatte keinen Bock sie mitzunehmen, das sah man ihm deutlich an. Aber sie selbst war einsam und gelangweilt und unglücklich in New York. Was immer sie unternahm, konnte ihre Situation nur verbessern.

»Wenn du nicht möchtest …«, begann er jetzt hoffnungsvoll.

»Actually – why not?«, sagte Cosima.

Sein Gesicht zeigte keine Regung. Er hatte sich gut unter Kontrolle, das musste man ihm lassen.

»Wir gehen um halb acht los«, sagte er nur, bevor er wieder in seinem Zimmer verschwand.

Er schien seiner Mutter immer noch nichts erzählt zu haben, denn Rosie überschlug sich geradezu vor Begeisterung über *Cosima's and Caspar's night out* – wie sie es nannte.

Aufgeregt erkundigte sie sich bei Cosima, ob sie gerne Theater spiele. *»I don't know«*, meinte Cosima. In der Grundschule hatte sie in einem Krippenspiel ein Schaf gespielt, seitdem hatte sie nie mehr auf einer Bühne gestanden. »*But my boyfriend is an actor*«, fügte sie dann hinzu.

Mein Freund ist ein Schauspieler – das stimmte natürlich nicht. Louis war ja nicht am Theater oder beim Film, sondern spielte nur in einer Laiengruppe. Aber Cosima wusste nicht, wie man das auf Englisch ausdrückte und außerdem war es auch schon zu spät. Rosie war wieder mal hin und weg. »*That's great!*«, jubelte sie. Großartig, in der Tat.

Auf dem Weg zur Probe redete Caspar kein Wort mit Cosima. Außerdem ging er so schnell, dass sie Mühe hatte, ihm zu folgen. Sie erwartete, dass sie die U-Bahn nehmen würden, aber er marschierte am Eingang der Metropolitan vorbei, bog einmal links und zweimal rechts ab, bis sie an einem ehemaligen Fabrikgebäude aus roten Backstein ankamen. Atemlos keuchte Cosima hinter Caspar über den Hof und die Stufen zum Eingang hoch. Sie war sich jetzt nicht mehr so sicher, ob sie nicht besser zu Hause geblieben wäre. Wenn Caspar sie die ganze Zeit ignorierte, hätte sie sich den Ausflug auch sparen können.

Die Proben fanden im Keller statt, in einem kahlen, ungemütlichen Raum mit Neonbeleuchtung. Vier Jungen und drei Mädchen erwarteten sie bereits, als sie ankamen. Kurz danach trafen noch ein paar weitere Jugendliche ein. »*This is Cosima from Germany.*« Zu Cosimas Erleichterung stellte Caspar sie den anderen wenigstens vor.

»*Hi there.*« Ein Mädchen mit orangerot gefärbten Haaren strahlte sie an. »*I'm Nell.* Willst du mitspielen?«

»*I'd just like to watch!*«, wehrte Cosima erschrocken ab.

»Heute kannst du zusehen, beim nächsten Mal machst du mit«, bestimmte ein schlaksiger Schwarzer mit einem Lippenpiercing. *»I'm Trevor.«*

»Liz!« – »Caleb!« – »Mitch!« – »Francisco!« – »Ashley!« – »Kaitlyn!« – »Shannon!« Jetzt prasselten die Namen von allen Seiten auf sie ein.

»Oh dear! Stop it! This is too much!«, rief Cosima.

Nell lachte. »Bleib cool. Du musst dir nicht alle auf einmal merken.«

»Hauptsache, du behältst meinen Namen«, meinte Trevor spöttisch.

Trevor war der Star der Truppe, das merkte Cosima ziemlich schnell. Bei den Improvisationsübungen, mit denen die Probe begann, orientierten sich alle anderen an ihm. Caspar gab ein Thema vor, dann fing Trevor an zu spielen und der Rest der Gruppe reagierte auf seine Ideen. Er genoss es, im Mittelpunkt zu stehen, auch das spürte man sofort.

Cosima dachte an Louis. Sie hatte ihn noch nie auf der Bühne gesehen und sie würde auch seinen Auftritt als Romeo verpassen. Sie konnte schließlich unmöglich für die Schulaufführung nach Hause fliegen. Vielleicht war es auch nicht so schlimm, überlegte sie dann. Louis dabei zuzusehen, wie er Eva-Marie umwarb und anschmachtete und küsste, wäre ja nun ein sehr zweifelhaftes Vergnügen gewesen.

Allerdings hätte sie bei dieser Gelegenheit auch Maggies Philipp mal unter die Lupe nehmen können. Was Maggie über ihre Beziehung schrieb, klang nicht gerade enthusiastisch. *Ich bin da so reingerutscht. Philipp ist echt nett.* Hm.

Aber so war Maggie: immer ein bisschen pessimistisch und sehr vorsichtig. Wenn sie nach einer Klassenarbeit erklärte, dass es *ganz gut gelaufen war*, dann hatte sie unter Garantie eine Eins. Wahrscheinlich ist sie total happy mit Philipp. Vielleicht wird sie ihn heiraten und Kinder und Enkel mit ihm haben und unglaublich glücklich werden, dachte Cosima. Sie selbst und Louis dagegen … Louis hatte schon vier Tage lang nichts mehr von sich hören lassen. Und als sie vorgestern vom Starbucks aus versucht hatte, mit ihm zu skypen, war er nicht zu Hause gewesen. Oder zumindest nicht online. Na super.

Caspar klatschte in die Hände. »*That's it, thank you.*« Das Warm-up war offensichtlich beendet.

»Hast du dir denn inzwischen überlegt, welches Stück wir als Nächstes aufführen wollen, Caspar?«, fragte ihn eines der Mädchen – Ashley? Liz?

Caspar nickte.

»Und? Willst du es uns auch verraten oder behältst du es für dich?«, erkundigte sich Trevor.

Caspar grinste. »*There you are.*« Er holte einen Stapel Texthefte aus seiner Tasche und verteilte sie an die Schauspieler. Cosima schaute Nell neugierig über die Schulter und las den Titel auf dem Umschlag. Und schnappte nach Luft.

Das konnte ja wohl nicht wahr sein.

From: Cosima
Date: 05.10 02:07:13 p. m. EST
Subject: Romeo and Juliet
To: Maggie

Hi, Mag,

herzlichen Glückwunsch zur neuen Liebe! Und danke für deine Mail. Das war doch immerhin mal ein Anfang. Schick bitte sofort ein Foto von deinem Philipp. Ich müsste ihn doch eigentlich kennen, wenn er in unserer Parallelklasse war. Oder ist er neu auf der Schule? Egal, ich muss wissen, wie er aussieht. Und alles andere auch.
Hab ewig nichts mehr von Louis gehört. Kannst du nicht vielleicht doch mal in einer Probe vorbeischauen und checken, wie die Dinge stehen? Er kann mir auch ruhig mal wieder schreiben ... :((
Und jetzt zu den versprochenen News: Ich hab Caspar ja zu seiner Theaterprobe begleitet. Und stell dir vor und halt dich fest: Die haben gerade ein neues Stück ausgewählt, das sie im Dezember bei einem Jugendtheaterfestival aufführen wollen. Und zwar – TATATA!:
»Romeo and Juliet« von William Shakespeare.
Ein irrer Zufall, oder? Rosie behauptet immer, dass es keine Zufälle gibt. Es hat alles seinen Sinn. Aber welcher Sinn versteckt sich hier? Das ist allerdings die Frage.
Vielleicht soll ich dreimal in der Woche (Die proben tatsächlich DREIMAL in der Woche! Davon kann sich eure faule

Theater-AG mal eine Scheibe abschneiden!) daran erinnert werden, dass die große Liebe ein Traum ist, der meistens tragisch endet.
Caspars Gruppe ist wirklich gut, finde ich. Das Shakespeare-Stück war ja für alle vollkommen neu – Caspar hat erst bei der letzten Probe die Texthefte verteilt. Bis jetzt ist noch nicht klar, wer welche Rolle kriegt. Obwohl ich mir ja ganz sicher bin, dass Trevor den Romeo spielen wird. Trevor ist nämlich eindeutig der beste Schauspieler! Aber wie gesagt, es steht noch nichts fest. Trotzdem haben die einfach angefangen zu spielen, ohne den Text zu kennen. Sie haben die Rollen halb abgelesen, halb improvisiert – einfach genial.
So was würde ich mich gar nicht trauen! Oder vielleicht doch? Vielleicht mach ich ja mit, wenn Caspar mich lässt.
OMG – kapierst du noch was? Ehrlich gesagt, hab ich selbst den Faden verloren.
Also noch mal von vorn und dann der Reihe nach: Caspar hat mich mit zur Probe genommen, weil Rosie ihn dazu gezwungen hat. Am Anfang war es ziemlich komisch.
Es war offensichtlich, dass er keinen Bock auf mich hatte. Aber die Gruppe hat mich supernett aufgenommen, vor allem die Mädels. Die waren so nett und offen, als wären wir schon seit Jahren die dicksten Freundinnen! :} Nach der Probe sind wir noch in eine Bar gegangen. Caspar ist allerdings nicht mitgekommen, er musste noch woandershin. (Hat er gesagt. Na ja. Vermutlich hatte er auch einfach keine Lust.)
Oh Maggie, es war einfach traumhaft. Dabei haben

wir nur einen Milkshake getrunken und ein bisschen gequatscht. Aber ich bin ja vollkommen vereinsamt, seit ich hier in New York bin. Die Einzige, mit der ich mich unterhalten kann, ist Rosie.
Nell hat gesagt, dass ich auf jeden Fall mitspielen soll. Sie ist schon über ein Jahr in der Gruppe und meint, dass ihr das Theaterspielen echt viel gegeben hat. Angeblich war sie früher total gehemmt – obwohl man sich das bei ihr überhaupt nicht vorstellen kann. Als ich den anderen von der Schule erzählt habe und wie Lara mich behandelt, konnten sie es nicht fassen!
Ach übrigens: Ich hab Sandra gefragt, ob sie weiß, was Laras Vater beruflich macht. Er ist Musikproduzent! Überrascht mich das? Nein, eigentlich nicht ;-)) Ich hab's noch nicht geschafft, ihn zu googeln (meine Online-Zeit ist ja immer superknapp), aber eigentlich müsste er zu finden sein. So viele Produzenten, die McAllister heißen, gibt es bestimmt nicht in NY. Aber weißt du was? Lara ist mir inzwischen so was von egal! Soll sie mich doch mobben, bis sie umfällt.
Ich hab heute Abend wieder Theaterprobe – und da sind alle nett zu mir. Smile :)))
Aaargh! Ich seh gerade, dass es schon nach zwei ist. Hab wahrscheinlich den Gong überhört, der Unterricht hat längst angefangen. Muss los! Miss Brotherston ist zwar eine Lusche, aber bei Zuspätkommern versteht sie keinen Spaß!
Vergiss das Foto nicht!
xxxx <3
Cos-the-Turtle

Maggie hatte überhaupt kein Foto von Philipp. Das wurde ihr bewusst, als sie nach irgendeinem Schnappschuss suchte, den sie Cosima schicken konnte. Philipp dagegen hatte Millionen Bilder von Maggie auf seinem Computer, seine Facebookseite quoll über von ihren Porträts. Maggie beim Eisessen, Maggie beim Sonnenbaden (mit üblem Sonnenbrand auf der Nase), Maggie beim Tanzen im *Zweitausendeins*, Maggie beim Fernsehen, Maggie beim Schlafen.

»Du bist so irre fotogen. Du siehst einfach auf jeder Aufnahme klasse aus«, hatte er neulich noch zu ihr gesagt. »Echt. Du solltest zum Film gehen.«

»Du spinnst doch«, murmelte Maggie jetzt, obwohl Philipp sie gar nicht hören konnte. Normalerweise fuhren sie mittwochs nach der Schule immer zusammen nach Hause, aber heute hatte Maggie früher Schluss. »Sport fällt aus – ich bin schon mal weg. Sorry!«, tippte sie in ihr Handy. Philipp war bestimmt enttäuscht, dass er nun alleine fahren musste.

Als sie zu den Fahrradständern ging, um ihr Rad zu holen, stieß sie fast mit Herrn Brechtermaßen zusammen. »Hallo, Maggie! Hast du noch Unterricht?«

»Nee, ich wollte gerade nach Hause.«

»Das ist ja super! Hör mal, du musst uns helfen. Wir haben gleich Probe und unsere Amme ist ausgefallen.«

»Na und? Was hat das mit mir zu tun?

»Du könntest doch einspringen.« Bevor Maggie widersprechen konnte, hob Herr Brechtermaßen abwehrend die Hände. »Es geht nur um heute. Um eine einzige Probe.«

»Was ist denn mit der Amme? Ist Sophie krank?«

»Nein. Sie … macht nicht mehr mit.« Herr Brechtermaßen schüttelte sorgenvoll den Kopf. »Ich weiß auch nicht, was mit ihr los ist. Aber sie hatte auf einmal keine Lust mehr und war durch nichts umzustimmen.«

Tu doch nicht so, dachte Maggie. Natürlich wusste Brechtermaßen, was mit Sophie los ist. Genau wie alle anderen auch. Eva-Marie war mit ihr los, das war ja wohl klar wie Kloßbrühe. Eva-Marie hatte Sophie so genervt, dass sie ihre Rolle hingeschmissen hatte.

»Vergessen Sie's«, sagte sie laut. »Wenn ich Ihnen den kleinen Finger gebe, nehmen Sie gleich die ganze Hand. Ich kenne das doch.«

»Was denkst du denn von mir? Es geht nur um heute, das hab ich doch schon gesagt. Wir proben den ersten Akt. Und da brauchen wir die Amme und wir haben doch noch keinen Ersatz für Sophie. Es wäre eine enorme Hilfe.«

Maggie zögerte. »Ich kann den Text doch gar nicht.«

»Du kannst ihn ablesen. Das ist doch überhaupt kein Problem. Das machst du mit links, Maggie.«

Warum nur, dachte Maggie entnervt. Warum war sie so gutmütig und so bescheuert? Wieso ließ sie sich darauf ein, Louis zu beschatten, warum machte sie sich für Cosima zum Affen, weshalb stand sie nun doch mit Eva-Marie und Louis auf der Bühne, obwohl sie genau diese Situation immer hatten vermeiden wollen? Und wieso schaffte sie es nicht, einfach klipp und klar NEIN zu sagen, wenn es darauf ankam?

»Die fünfte Szene des ersten Akts ist ganz entscheidend für das Stück«, erklärte Brechtermaßen. »Deshalb bin ich Maggie total dankbar, dass sie kurzfristig eingesprungen ist.«

»Nur für heute«, sagte Maggie, aber ihre Antwort ging im begeisterten Applaus der Gruppe unter.

Louis strahlte sie an, dass ihre Knie weich wurden, und sogar Eva-Marie verzog die Lippen zu einem säuerlichen Lächeln.

»Na, dann wollen wir mal«, sagte Brechtermaßen enthusiastisch.

Maggie hatte als Julias Amme die Aufgabe, den beiden Liebenden zu verklickern, wer sie wirklich waren. Dass Romeo ein Montague war und Julia eine Capulet, dass sie also aus verfeindeten Familien kamen und ihre Liebe nicht den Hauch einer Chance hatte.

Nachdem Maggie eine Weile über ihrem Reclamheft meditiert hatte, beschloss sie, das Ganze genauso zu machen, wie Cosima es in ihrer letzten Mail beschrieben hatte. Sie würde den Text mehr oder weniger improvisieren.

»Mach dir keine Sorgen«, meinte Brechtermaßen, als sie ihm zunickte. »Die anderen können ihre Rollen auch noch nicht.« Er seufzte vorwurfsvoll.

»Ich versuch's mal«, sagte Maggie. »Mal sehen, wie weit ich komme.«

Es ging überraschend gut. Auch wenn ihr Auftritt unmittelbar auf eine Kussszene zwischen Romeo und Julia folgte und ihr Herz raste, als sie auf die Bühne trat, um Julia mitzuteilen, dass ihre Mutter sie sprechen wolle.

»Wer ist ihre Mutter?«, fragte Louis als Romeo.

»Ei nun, Junker, das ist die gnäd'ge Frau vom Hause hier. Eine wackre Frau und klug und ehrsam. Die Tochter, mit der ihr spracht, hab ich gesäugt. Ich sag euch, wer sie einmal bekommt, ist wohl gebettet«, antwortete ihm Maggie als Magd. Sie wunderte sich über sich selbst, dass sie den Text so gut behalten hatte, obwohl sie die Szene nur einmal durchgelesen hatte. Und dass sie ihn so gefasst und sicher herausbrachte, wo sie Eva-Marie doch am liebsten zur Seite gestoßen und sich selbst in Louis' Arme gestürzt hätte.

Louis alias Romeo riss in gespieltem Entsetzen die Augen auf und konnte sein Pech nicht fassen. Danach ging er erst einmal ab und Eva-Marie alias Julia ergriff das Wort. Und erfuhr nun ebenfalls die traurige Wahrheit: dass sie sich die Liebe zu Romeo aus dem Kopf schlagen konnte, weil die Verbindung mit ihm aussichtslos war.

Aber natürlich schlug sich Julia Romeo nicht aus dem Kopf, sonst wäre das Stück ja auch nach dem ersten Akt zu Ende gewesen. Stattdessen begann sie zu jammern und zu klagen, und die dumme Amme kapierte gar nichts, obwohl das Ganze doch nun wirklich offensichtlich war.

»Super! Klasse gespielt«, rief Brechtermaßen, als Maggie und Eva-Marie gemeinsam abgingen. »Maggie, du bist eine unglaubliche Bereicherung für unser Team.«

»Ich *war* eine unglaubliche Bereicherung für Ihr Team. Aber nun ist mein Auftritt vorbei«, erinnerte ihn Maggie. »Außerdem muss ich jetzt heim.«

»Warte, ich komm mit!«, rief Louis, während er sich seinen Romeo-Hut vom Kopf riss. »Ich muss nämlich auch los.«

»Kann ich dich nicht doch irgendwie überzeugen?« Herrn Brechtermaßens Stimme klang flehend, aber so einfach ließ Maggie sich nun wirklich nicht einwickeln. »Nein«, sagte sie laut. »Oder wenn sie es auf Shakespeare-Englisch wollen: *No!*« Aus dem Augenwinkel sah sie, dass Eva-Marie sich ebenfalls beeilte, ihre Tasche zu packen.

Nochmals nein, dachte Maggie. Ich fahr bestimmt nicht wieder hinter euch beiden her.

»Ich hab jetzt echt keine Zeit mehr«, erklärte sie.

Brechtermaßen seufzte so betrübt, als hätte sie gerade seinen Heiratsantrag abgelehnt. »Eva-Marie, mit dir muss ich noch ein paar Dinge besprechen«, sagte er, als er sah, dass Eva-Marie ebenfalls zur Tür wollte. Widerwillig blieb sie stehen.

»Na, dann wollen wir mal.« Louis schob Maggie förmlich aus dem Raum. Wahrscheinlich hatte er Angst, dass Eva-Marie ihn von hinten ansprang und sich in seinen Nacken verbiss, um ihn daran zu hindern, mit Maggie nach Hause zu fahren.

»Puh, wenn Eva-Marie so weitermacht, dann kann sie das Stück allein aufführen«, stöhnte Louis, als sie vom Schulhof radelten. »Einer nach dem anderen verzieht sich, weil er ihr Gezicke nicht mehr ertragen kann.«

»Glaub bloß nicht, dass du mich dazu kriegst, für Sophie

einzuspringen«, sagte Maggie. »Das hat Brechtermaßen auch schon versucht. Aber keine Chance.«

»Warum nicht? Nur wegen Eva-Marie? Oder gibt es noch einen anderen Grund?«, fragte Louis und warf ihr dabei einen prüfenden Blick zu, worauf sie sofort knallrot wurde. Glücklicherweise fuhren sie inzwischen ziemlich schnell, vielleicht fiel es nicht so auf.

»Ich steh nicht so gerne im Mittelpunkt.«

»Das glaub ich nicht. So wie du Theater spielst! Man merkt doch, dass dir das Spaß macht.«

»Der Eindruck täuscht. Und außerdem – soll ich als Amme von Eva-Marie auftreten? Vergiss es!«

»Du hättest auch die Julia spielen können«, erinnerte Louis sie.

»Hätte ich. Hab ich aber nicht.«

»Leider. Dann hätte ich jetzt nicht Eva-Marie am Hals.«

»Früher hast du sie ja ganz gerne am Hals gehabt«, meinte Maggie spitz.

»Wie bitte?«, fragte Louis.

»Na, du warst doch mal mit ihr zusammen. Oder hast du das verdrängt? Irgendwas musst du ja an ihr gefunden haben. Und das Ganze ist auch noch gar nicht so lange her.«

»Es waren nur drei lächerliche Wochen«, verteidigte sich Louis.

»Was, drei Wochen?! Ich würde sterben, wenn ich drei Tage mit Eva-Marie verbringen müsste. Und du hast das auch noch freiwillig getan.«

»Eigentlich waren es nur zwei Tage. Danach ist sie für zwei

Wochen in Skiurlaub gefahren. Und als sie zurückkam, hab ich noch mal vier Tage gebraucht, bis sie es endlich akzeptiert hatte, dass ich mich von ihr trennen wollte. Mann, war das mühsam.«

»Du warst wahrscheinlich viel zu nett. Bei Eva-Marie hilft nur die Holzhammermethode. Hau ab, lass mich in Ruhe!«

»Das hab ich am Ende auch gemerkt.«

»Sehr überzeugend warst du aber anscheinend nicht. Jedenfalls macht sie sich immer noch Hoffnungen, dass ihr wieder zusammenkommt.«

»Na, wenn sie darauf hofft, hofft sie vergeblich.« Louis lachte. Dann wurde er wieder ernst. »Ich bin schließlich mit Cosima zusammen. Mit ihr ist das was ganz anderes. Ich liebe sie wirklich.«

»Klar.« Maggie nickte hastig. Da war wieder dieser Stich, den sie jedes Mal spürte, wenn Louis von Cosima sprach. Hörte das niemals auf? Verdammt! »Du könntest ihr übrigens ruhig mal wieder schreiben.«

»Bitte? Sag mal, woher weißt du denn … Ach, ich verstehe, sie hat sich bei dir über mich beschwert.«

»Quatsch. Sie hat es nur erwähnt. Am Rande.«

»Aha.« Louis runzelte die Stirn.

»Bist du jetzt sauer?«, fragte Maggie betreten. »Wirklich, ich wollte nicht … Aber du weißt ja, dass Cosima in New York einen schweren Stand hat. Da kann sie jede Aufmunterung brauchen.«

»Schon klar. Kein Problem.« Was er jetzt wohl dachte?

War er sauer, hatte er ein schlechtes Gewissen? Sein Gesicht verriet nichts.

Eine Weile lang fuhren sie schweigend nebeneinanderher.

»Und bei dir und diesem – wie heißt dein Freund gleich noch mal? Felix?«, fragte Louis dann.

»Philipp. Danke. Bei uns ist alles okay.« Meine Güte, wie klang das denn? Als ob sie und Philipp schon fünfzig Jahre verheiratet wären.

»Na, dann ist es ja super. Ihr passt echt gut zusammen.«

Was immer das heißen sollte. »Danke«, sagte Maggie noch einmal. Dann wechselte sie das Thema. »Hast du gehört, dass Cosima jetzt auch ›Romeo und Julia‹ spielt? Sie steigt wohl bei einer Theatergruppe ein.«

»Was echt? Das ist ja der Hammer. Ausgerechnet ›Romeo und Julia‹. Als ob es kein anderes Stück gäbe. Das ist echt ein Zufall.«

Es gibt keine Zufälle, dachte Maggie.

»Ach guck mal, wer da steht«, sagte Louis. »Noch ein Zufall.«

Damit hatte er allerdings Recht. Mitten auf dem Fahrradweg stand Philipp und schien auf sie zu warten.

»Was machst du denn hier?«, fragte Maggie überrascht, als sie ihn erreicht hatten.

»Das wollte ich dich gerade fragen.« Zum ersten Mal klang Philipps Stimme nicht freundlich und geduldig. Sondern ziemlich wütend.

»Ich war noch bei der Theaterprobe. Brechtermaßen hat mich gefragt, ob ich für Sophie einspringen kann.« Jetzt erst fiel Maggie ihre SMS wieder ein. »Ach sorry, hab ganz vergessen, dir Bescheid zu geben. Da hätten wir ja doch zusammen fahren können.«

»Ist schon okay«, sagte Philipp, aber das stimmte nicht. Er zitterte am ganzen Körper und sein Gesicht war wutrot. »Ich hatte auch früher Schluss und hab bei den Fahrrädern auf dich gewartet. Hab dich auch angerufen, aber dein Handy war aus. Irgendwann bin ich dann alleine los. Aber ich hab mir echt Sorgen um dich gemacht, da bin ich noch mal zurück. Und jetzt das.« Vorwurfsvoll blickte er von Maggie zu Louis und wieder zurück.

»Und jetzt was?«, fragte Louis. »Bei der Probe stellen wir alle die Handys ab. Meins ist immer noch aus.«

»Meins auch«, meinte Maggie. »Sorry, Philipp. Und du musst dir doch keine Sorgen um mich machen. Ich fahr die Strecke so oft alleine …« Weiter kam sie nicht.

»Hör doch auf!«, schrie Philipp. »Du bist ja gar nicht allein. Verkauf mich nicht für blöd, ich weiß doch genau, was hier läuft!«

Ohne eine Antwort abzuwarten, riss er sein Fahrrad herum, schwang sich auf den Sattel und düste ab.

»Oh Mann«, sagte Louis. »Ich glaube, der hat da was falsch verstanden.«

12

Von: Maggie
Datum: 14.10 17.54:07 MEZ
Betreff: Starmaker
An: Cosima

Liebe Turtle-Cos,

du kennst Philipp vom Sehen, er war eine ganze Weile mit uns in der Volleyball-AG. Ich schick dir ein Foto von ihm, sobald ich eines hab. Aber ich vergesse immer, ihn zu fotografieren, wenn ich ihn sehe. Und er will kein Foto rausrücken, er sagt, er sei zu hässlich. Stimmt aber nicht! :D
Machst du denn jetzt bei dem Theaterstück mit? Wen spielst du? Und was ist mit Caspar – wie ist euer Verhältnis denn so? (Haha, Verhältnis. Hoffentlich nicht!)
Auch wenn dir Lara inzwischen egal ist, ich hab sie mal gegoogelt. Oder vielmehr ihren Vater. Guck mal, das hab ich gefunden: mcallisterstudio.com (das ist seine Firmenhomepage). Scheint ein ganz großer Fisch im Musikbusiness zu sein, der hat ja richtige Stars unter Vertrag. Bonny Stuckway und Candy Mee und die Stirups und und und! Lara ist echt zu beneiden, die kriegt bestimmt ständig Tickets für die coolsten Konzerte! Vielleicht solltest du doch versuchen, dich bei ihr einzuschleimen. :))

Natürlich findet sich nirgends ein Hinweis darauf, dass er eine Freundin hat. (Wer sie wohl ist? Ob er was mit einem seiner Stars angefangen hat? Candy Mee hat sich ja gerade von ihrem Mann scheiden lassen, hab ich gelesen …) Aber überall loben sie McAllister, weil er so ein Super-Gespür für die Trends von morgen hat. Guck mal hier: *The Starmaker. McAllister's Sense of Success.* OMG, der muss das Geld nur so scheffeln!

Trotzdem, wenn ich bedenke, was jetzt losgeht, dann tut mir Lara irgendwie leid. Die werden über McAllister und seine neue Liebe und seine alte Familie herfallen wie die Geier. Und dann der ständige Streit zwischen den Eltern. Ich hab drei Kreuze gemacht, als meine endlich geschieden waren. Ich konnte das Gezanke um Unterhalt und tatsächliche und angebliche Einkünfte und Ansprüche und Rechtsanwaltskosten nicht mehr hören. Na ja, bei Laras Mutter geht's vermutlich nicht ums Überleben, McAllister muss ihr bestimmt eine ordentliche Abfindung zahlen.

So, ich muss jetzt los. Wir treffen uns inzwischen auch zweimal die Woche mit der AG, weil wir Rothenbergers blödes Bühnenbild nämlich sonst nicht fertig kriegen. Warum musste er sich bloß einen Entwurf mit zwölf (!) Türen ausdenken! Und einem Balkon natürlich. Wir haben gerade zwei Türen gebaut und nur noch zwei Monate bis zur Aufführung. Aber unsere Bühnenbild-Probleme sind nichts gegen die Schwierigkeiten, die Brechtermaßen mit seiner Theatergruppe hat. Ihm sind schon drei Leute abge-

sprungen, weil Eva-Marie so rumzickt, dass keiner mit ihr spielen will. Armer Louis.
Mach's gut, schreib schnell!
Schmatz!
xxxx Schildkröten-Mag

Cosimas Fingerknöchel schwebte wenige Zentimeter vor der Zimmertür. Und jetzt? Anklopfen oder schnell wieder weggehen?

Klopfen natürlich, dachte sie. So wie bisher konnte es einfach nicht weitergehen. Seit drei Wochen war sie jetzt schon in Caspars Theatergruppe, sie verstand sich ausgezeichnet mit allen Leuten, und wenn sie nach dem Treffen auseinandergingen, konnte sie die nächste Probe kaum erwarten. Aber den Weg zu der alten Fabrik legten sie und Caspar immer noch schweigend zurück. Nach der Probe ging Cosima meistens mit Nell und den anderen etwas trinken, manchmal kam Caspar auch mit, aber auch dann redete er nicht mit ihr. Und wenn sich ihre Blicke zufällig begegneten, schaute er schnell wieder weg.

Das ist lächerlich, dachte Cosima. Okay, ich hab mich damals in der Galerie blöd verhalten, ich hätte nicht über Rosie herziehen sollen. Aber das Ganze liegt jetzt Wochen zurück, so langsam müsste er doch drüber weg sein.

War er aber nicht. Sonst würde er ja mit ihr reden.

Klopf endlich an, befahl sie sich selbst. Aber ihr Finger schwebte vor der Tür und rührte sich nicht, so als ob er ein

Eigenleben führte und keine Befehle von ihrem Gehirn annähme. Vielleicht war es besser so. Wenn sie jetzt irgendwas Verkehrtes zu Caspar sagte, würden sie sich vielleicht richtig in die Haare kriegen. Und zur Strafe würde er sie nicht mehr zu den Treffen mitnehmen. Cosima erschauderte. Eine entsetzliche Vorstellung.

Sie schüttelte den Kopf. Lieber nichts riskieren. Solange sie nicht miteinander sprachen, würden sie sich auch nicht streiten, und die Dinge würden bleiben, wie sie waren.

Sie ließ ihre Hand wieder sinken und wollte sich gerade abwenden, als die Tür plötzlich aufgerissen wurde.

Caspar prallte fast gegen sie.

»*What the hell … Coco!*« *Coco.* So nannten sie Cosima in der Gruppe. Trevor hatte damit angefangen, und weil Cosima nicht protestiert hatte, hatten die anderen es übernommen. Und jetzt sogar Caspar.

»*Sorry*«, stammelte sie.

»*You wanted to see me?*«

»*Uh … not exactly.*« Ich hab mir nur mal in aller Ruhe deine Türe angeguckt. Haha, sehr überzeugend.

Natürlich glaubte er ihr nicht. »*Come in*«, meinte er nur und trat einen Schritt zurück ins Zimmer.

Sie wäre am liebsten weggelaufen, aus der Wohnung ins Treppenhaus und runter auf die Straße. Weg, nur weg hier. Und dann? Im Central Park zelten oder in einen U-Bahnschacht einziehen? Sie seufzte resigniert und trat an Caspar vorbei in sein Zimmer.

»*Please.*« Er wies auf einen roten Ledersack auf dem Boden. Als sie sich darauf niederließ, sank sie sofort bodentief ein und fiel fast um. Caspar selbst nahm auf einem alten Sessel mit aufgeplatzten Armlehnen Platz, auf diese Weise kauerte sie praktisch zu seinen Füßen. Na super.

Sie sah sich um. Es war offensichtlich, dass Caspar nur vorübergehend hier wohnte. Aus diesem Zimmer war er nämlich längst herausgewachsen. Über dem Bett hingen Kinderzeichnungen, glitzernde Frisbeescheiben und ein Supermanplakat. Auf dem Regal neben der Tür drängten sich Pokémonfiguren und Plastikdinos.

Rosie hatte ihr erzählt, dass Caspar die letzten Jahre bei seinem Vater in Brooklyn gewohnt hatte. Wegen der Theatergruppe war er für ein paar Monate zu ihr nach Manhattan gezogen, bevor er im Januar ein Studium an der Filmhochschule beginnen wollte.

»*So?*«, fragte Caspar. »*What's up, Coco?*«

»*We have to talk*«, sagte Cosima mit erstaunlich fester Stimme. Irgendwie machte ihr das Zimmer Mut. Vielleicht weil man hier den kleinen Jungen erahnen konnte, der Caspar einmal gewesen war.

»Ich möchte mich entschuldigen«, erklärte sie.

Caspar hob die Augenbrauen. Am Anfang dachte sie, dass er nur so tat, als ob er nicht genau wüsste, wovon sie sprach. Doch dann wurde ihr klar, dass er ihre Bemerkung bei der Ausstellungsöffnung wirklich vergessen hatte. »*Oh that*«, meinte er nur, als sie ihn jetzt daran erinnerte. »Das war ein bisschen daneben, fand ich. Aber Rosie hat sich totgelacht, als ich ihr am nächsten Morgen davon erzählt habe.«

»Du hast ihr davon erzählt?«, fragte Cosima bestürzt. »Oh mein Gott! Ist das peinlich!«

»Wieso? Die verrückte Alte in dem Hippiefummel – man kann es netter ausdrücken, aber eigentlich trifft das Rosie doch ganz gut. Sie hat es jedenfalls als Kompliment genommen. Na gut: Dass du sie als *alt* bezeichnet hast, fand sie nicht so prickelnd, aber sie meinte, das sei eben eine Frage der Perspektive.«

»Oh Mann. Deine Mutter ist so cool.« Cosima überlegte einen Moment lang, wie ihre eigene Mutter in so einer Situation reagiert hätte. Aber das war sinnlos. Schließlich würde niemand auf die Idee kommen, ihre Mutter verrückt zu nennen. Im Gegensatz zu Rosie war Frau Leo immer geschmackvoll gekleidet und benahm sich niemals daneben.

Caspar grinste. »Stimmt. Manchmal geht sie einem auf die Nerven, aber sie ist schon in Ordnung.«

Cosima schluckte. »Aber ich frag mich … ich meine, wenn du nicht sauer auf mich warst, wieso bist du dann so komisch zu mir?«

»Ich?« Caspars Augenbrauen wanderten noch weiter nach oben. »Komisch? Zu dir?«

»Oder etwa nicht? Du redest kein Wort mit mir.«

»Es ist genau andersrum«, sagte Caspar. »Du redest nicht mit mir. Wenn ich dich auch nur ansehe, schrumpfst du förmlich zusammen, als hätte ich dir was getan. Am Anfang dachte ich, dein Englisch ist vielleicht nicht so gut. Aber mit den anderen redest du ja auch. Na, dann hab ich mich eben damit abgefunden, dass du mich blöd findest. Das reiche kleine Mädchen aus Deutschland ist sich zu fein für einen abgebrannten Möchtegernkünstler. Oder wie auch immer. Vielleicht stört dich ja auch mein Mundgeruch. Oder du hast was gegen meine Schweißfüße.«

»Das hast du gedacht?«, fragte Cosima entsetzt. »Aber das stimmt nicht!«

»*No?*«

»Ich dachte, du hasst mich.«

»*I don't*«, sagte Caspar. »Dann wäre das jetzt also klar?«

Cosima nickte erleichtert.

»Okay. Dann können wir uns jetzt ja den wirklich wichtigen Dingen zuwenden.«

»Zum Beispiel?«

»Die Rollenverteilung im Stück. Ich denke gerade darüber nach, wer was spielen soll.«

»Ach ja? Und?« Cosimas Herz begann auf einmal schneller zu schlagen. Es war ein bisschen wie in der Schule, bevor der Lehrer die Arbeiten zurückgab. War's eine Vier oder doch wieder eine Fünf?

»Trevor. Was hältst du von ihm?«

»Er spielt super, finde ich.«

»Das finde ich auch. Er wäre ein guter Romeo.«

»Der beste!«, rief Cosima. Das stimmte natürlich nicht, Louis war der beste Romeo, nicht Trevor.

Sie überlegte kurz, ob sie Caspar von ihm erzählen sollte, und entschied sich dann dagegen. Zu kompliziert. Später, dachte sie.

»Da sind wir ja einer Meinung«, sagte Caspar. Er stand auf und nahm ein Blatt vom Schreibtisch, offensichtlich stand da die Rollenverteilung drauf.

Cosima sprang ebenfalls auf. »Und der Rest? Wer wird die Julia?«

Caspar seufzte. »Das ist die Frage. Ich hatte eigentlich die ganze Zeit an Nell gedacht.«

Warum spürte sie jetzt auf einmal dieses seltsame Ziehen in der Brust, fragte sich Cosima. Hatte sie wirklich ernsthaft geglaubt, dass Caspar sie für die Hauptrolle in Erwägung ziehen würde? Was für eine bescheuerte Idee.

»Nell macht das super, *I'm absolutely sure.*«

»*I don't know.*« Er starrte mit gerunzelter Stirn auf sein blödes Blatt. Wenn sie nur wüsste, welche Rolle er neben ihren Namen geschrieben hatte! Ob sie überhaupt mit auf der Liste stand? Aber er hielt das Blatt so, dass sie nichts sehen konnte.

»*Would you do it?*«, fragte er. Sie sah ihn verwirrt an. Was meinte er damit? Ob sie an seiner Stelle Nell die Rolle geben würde oder ob sie selbst die Julia spielen wollte?

»*I don't understand*«, stammelte sie verlegen.

»*I've been watching you.* Ich glaube, du bist eine gute Schauspielerin«, meinte Caspar.

Tatsächlich. Er wollte sie als Julia.

»*But I'm German.*« Und ihr Amerikanisch war alles andere als perfekt. »Ich habe einen deutschen Akzent.«

»Das macht dich so besonders«, sagte Caspar, ohne von seinem Blatt aufzublicken. »Also. Machst du's?«

Cosima holte tief Luft. Das war alles so unglaublich, so unglaublich wundervoll!

»*Yes, I'll do it*«, sagte sie.

From: Cosima
Date: 21.10 01:20:53 p. m. EST
Subject: Neongrüne Highheels
To: Maggie

Liebes Krötchen,

wo bleibt das Foto? Glaub bloß nicht, dass ich das vergesse! Ich muss wissen, wie Philipp aussieht, weil ich mich nämlich kein bisschen an ihn erinnern kann. Ich hab die ganze schreckliche Volleyball-AG verdrängt, nachdem uns Ätzefresse damals so gequält hat. Dabei hab ich Philipps Gesicht wohl ebenfalls ausradiert, so ein Mist! :((
Mein »Verhältnis« zu Caspar ist jetzt super. Wir haben uns ausgesprochen und dabei hat sich herausgestellt, dass er nur deshalb so komisch war, weil er dachte, ich könnte ihn nicht ausstehen. Und als er erfahren hat, dass ich das Gleiche von ihm dachte, hat er mir vor lauter Begeisterung die Hauptrolle in seinem Stück angeboten.
Ich soll die Julia spielen!!! Wow, kannst du dir das vorstellen?
Jetzt weiß ich, dass Rosie Recht hat: Es gibt wirklich keine Zufälle. Louis spielt in Düsseldorf den Romeo, ich bin in

New York die Julia – und das Ganze findet praktisch gleichzeitig statt. Ihr führt euer Stück doch auch im Dezember auf, genau wie wir. Die Botschaft ist ja wohl eindeutig: Louis und ich gehören zusammen. Wie Romeo und Julia. Nur dass es für uns ein Happy End geben wird.
Ich hatte ein bisschen Angst davor, wie die anderen reagieren würden, wenn sie erfahren, dass ich die Hauptrolle kriege, vor allem Nell. Eigentlich sollte sie nämlich die Julia spielen. Caspar hatte zwar noch nicht mit ihr darüber gesprochen, aber so was spürt man doch, oder?
Na, jedenfalls bin ich mit superweichen Knien zur letzten Probe marschiert. Aber es war total unnötig. Als Caspar meinen Namen nannte, ist Nell mir um den Hals gefallen vor Freude. :D Sie ist so nett! Du musst unbedingt nach NY kommen, um sie kennenzulernen, Maggie! Ihr würdet euch super verstehen, da bin ich mir sicher!
Die ganze Nummer mit Caspar und der Theatergruppe hat mich so glücklich gemacht, dass ich am Samstag shoppen gegangen bin. :)))) Zum ersten Mal, seit ich in NY bin! (Sechs Wochen hab ich mitten in Manhattan gelebt, ohne auch nur eine Unterhose zu kaufen! Oh Mann, erzähl das bloß nicht weiter! Gibt es einen besseren Beweis dafür, dass ich total deprimiert war, als das?)
Dafür hab ich am Samstag aber ordentlich zugeschlagen. Nell hat mich begleitet und mir ein paar supercoole Boutiquen in Soho gezeigt. Ich hab mir vier Tops gekauft, Boots, ein Neckholderkeid, Jeans (True Religion, runtergesetzt auf 80 Dollar! :D) und neongrüne High Heels. Und: zwei super-

süße Schildkröten aus Bernstein. Rate mal, wer eine davon bekommt? :)
Als ich Rosie die Heels gezeigt habe, ist sie ausgerastet vor Begeisterung. Das hat mich allerdings ziemlich runtergezogen. Ich meine, inzwischen mag ich Rosie ja echt gerne, aber ihren Style find ich immer noch seltsam. Um nicht zu sagen: abscheulich. Vielleicht hab ich ihn ja verinnerlicht, ohne dass es mir bewusst ist, weil wir jetzt schon so lange zusammenleben? So wie man einen Geruch annimmt, ohne es zu merken. (OMG: Rieche ich vielleicht schon so wie Rosie? Ich muss mir sofort ein Power-Deo besorgen! :/)
Gestern war an der Schule *casual friday* – einmal im Monat dürfen wir ohne Uniform kommen :)) – da hab ich natürlich gleich das Neckholderkleid angezogen. Glücklicherweise ist es hier nämlich noch superwarm. Mittags bin ich zum ersten Mal seit Langem wieder in die Cafeteria. Weil's mir so gut ging. Und weil ich in dem neuen Kleid echt super aussah. Aber das war ein Fehler.
Als ich in der Essensschlange anstand, stellte sich Lara hinter mich. Sie wollte allerdings nur zum Wasserspender, das Essen boykottiert sie ja nach wie vor. Normalerweise hätte ich sie ignoriert, aber ich war ja so gut drauf, also hab ich sie angelächelt und *Hi* gesagt. Und sie? Zog die Augenbrauen hoch, guckte mich von oben bis unten an. Und dann von unten bis oben, bis sie wieder bei meinem Gesicht angekommen war. Und sagte: »*This dress is awesome.*«
Ich blöde Kuh wurde sofort ganz rot, weil ich mich so darüber freute, dass sie endlich mal was Nettes sagte. Aber

dann wurde ich misstrauisch, weil sie nämlich ein Gesicht machte wie jemand, der dir gerade ein Messer in die Eingeweide stößt. Und im selben Moment beugte sie sich ganz dicht an mein Ohr und flüsterte mir was zu. Ich hab zuerst nicht verstanden, was sie da sagte. Oder nee, eigentlich hab ich es sofort verstanden. Ich wollte es nur nicht verstehen. Ich wollte einfach nicht glauben, dass sie wirklich so gehässig und fies ist.

Sie flüsterte: »Ich hätte dir meins borgen können. Hab ich schon vor zwei Jahren gekauft.«

Dann zapfte sie sich ihr Wasser und stolzierte davon. Sie setzte sich zu ihren Freundinnen und kurz danach kreischten alle vor Vergnügen, wahrscheinlich über mich. Aber vielleicht hatte sie mich auch schon wieder vergessen.

Ich hätte ihr so gerne was Fieses an den Kopf geworfen. Aber mir fiel nichts ein, absolut nichts. Ist ja eigentlich auch egal. Was kümmert mich die dumme Ziege? Aber heute bin ich nicht mehr in die Cafeteria gegangen. :(

Ich muss jetzt zurück in den Unterricht. Kannst du diesen McAllister noch mal googeln? Vielleicht findest du doch was über ihn raus und entdeckst eine Leiche in seinem Keller. Die knall ich Lara dann auf den Tisch.

Louis hat mir geschrieben, dass er einen Kredit aufnehmen will, um mir einen Flug nach Hause zu bezahlen. Damit ich im Dezember seine Julia spielen kann. Ist das nicht süß?

Bussi!
Cos <3

PS: Caspar findet die neongrünen Heels abscheulich. *They look like Rosie's*, meinte er. Jetzt gefallen sie mir auch nicht mehr. Ich werf sie weg.

13

Cosima spielte jetzt die Julia. Nach sechs harten Wochen in New York war sie wieder obenauf. Na gut, in der Schule gab es noch einige Probleme mit der zickigen Lara, aber auch das würde bestimmt bald überstanden sein, da war sich Maggie ganz sicher.

»Ich freu mich total für dich«, murmelte Maggie. Das war natürlich albern, Cosima war mehr als 6000 Kilometer entfernt und konnte sie nicht hören.

Es war ja auch nicht wahr. Maggie freute sich kein Stück. Genauso wenig, wie sie sich damals gefreut hatte, als Cosima ihr mitgeteilt hatte, dass es nun doch noch klappen würde mit ihrem Auslandsaufenthalt. Sie ärgerte sich darüber, dass sich in Cosimas Leben immer alles zum Besten wendete. Egal wie beschissen die Voraussetzungen waren. Auch wenn sie mitten in Manhattan in der Hundekacke ausrutschte, bekam sie am Ende die Hauptrolle, von der alle anderen nur träumten.

Du hättest die Julia doch auch spielen können, hörte sie Cosima jetzt vorwurfsvoll sagen. Aber du wolltest ja nicht.

Und warum wollte ich nicht?, fragte Maggie zurück. Wegen dir, nur wegen dir hab ich's nicht gemacht. Weil Louis dein Freund ist und darum für mich tabu.

Vor lauter Wut trat sie gegen ihren Papierkorb, der erst hin und her schwankte und dann langsam umkippte und seinen Inhalt über den Boden ergoss. Ein Joghurtbecher rollte quer durch den Raum, leider war er noch nicht ganz leer gewesen und hinterließ eine milchige Spur, in der Mandarinenschalen und Bleistiftschnipsel aus der Spitzerdose kleben blieben.

Das ist doch nicht wahr, sagte Cosima in ihrem Kopf. Das stimmt doch einfach nicht. Du wolltest die Julia nicht spielen, weil du Angst hast, auf der Bühne zu stehen. Es ging dir nicht um mich, sondern nur um dich selbst.

Maggie nahm ein gebrauchtes Tempotaschentuch und wischte damit über die Joghurtflecken auf dem Teppich. Dadurch verschwanden sie allerdings nicht, sondern wurden nur verschmiert. Genervt schmiss sie das Taschentuch in den Papierkorb, schaufelte den Rest des Mülls ebenfalls zurück und hätte das Ganze dann am liebsten gleich wieder umgetreten.

Verdammt, verdammt, verdammt!

Cosima hatte Glück in der Liebe und im Leben und überhaupt, bei ihr selbst ging dagegen alles schief.

Ach komm, das ist doch jetzt wirklich übertrieben, sagte Cosima.

»Halt doch den Mund!«, schrie Maggie. Aber dann presste sie sich erschrocken die Hand vor den Mund. War sie verrückt geworden? Sie stritt sich mit Cosima, die auf der anderen Seite der Weltkugel hockte und keine Ahnung von Maggies Wutausbruch hatte.

Jetzt ging die Tür auf, ihre Schwester Lucie steckte den Kopf herein. »Alles klar bei dir?«

»Natürlich«, zischte Maggie. »Was soll denn sein?«

»Ich hab dich schreien gehört.« Lucies Augen durchforschten den Raum. Aber da war niemand. Sie zuckte mit den Schultern, wahrscheinlich kam sie zu dem gleichen Schluss wie Maggie selbst: Ihre Schwester war wohl leider verrückt geworden.

»Verzieh dich«, knurrte Maggie.

»Sofort.« Lucie streckte Maggie das Telefon hin. »Hier ist jemand für dich.«

Louis, dachte Maggie aufgeregt, während sie den Hörer mit zitternden Händen entgegennahm. Das dachte sie immer, wenn das Telefon klingelte, ihr Handy piepste oder es an der Tür läutete. Es war aber nie Louis, auch jetzt nicht.

»Hier ist Philipp.« Maggies Herz, das eben noch in ihrem Hals geschlagen hatte, plumpste wieder nach unten. »Alles in Ordnung?«

»Hi! Natürlich ist alles in Ordnung. Meine Schwester spinnt.«

»Das ist normal.« Philipp hatte drei Schwestern, er wusste, wovon er redete.

»Was gibt's?«, fragte Maggie.

»Wollt nur fragen, was du gerade so machst.«

»Nichts Besonderes.« Das war ein Fehler, aber das wurde Maggie leider zu spät bewusst. »Ich meine ...«

»Dann komm ich doch schnell mal rüber. Ich muss dich nämlich was fragen.«

Er hatte aufgelegt, bevor Maggie *ihn* fragen konnte, ob das nicht auch am Telefon ging. Sie trat wieder gegen den

Papierkorb, aber diesmal so vorsichtig, dass er nicht mehr umkippte. *Ich muss dir was erzählen.* Das hieß im Klartext, dass Philipp bei ihr rumhängen würde, bis ihre Mutter ihn irgendwann nach Hause schickte.

Nachdem er sie vor zwei Wochen mit Louis auf dem Nachhauseweg getroffen hatte, wäre ihre Beziehung um ein Haar vorbei gewesen. Philipp war so eifersüchtig und misstrauisch gewesen, dass Maggie ihn nur mit Mühe wieder besänftigen konnte. Inzwischen tat es ihr allerdings fast leid, dass sie die Chance damals nicht genutzt und die Geschichte beendet hatte.

Sie fand Philipp immer noch nett, aber seine Anhänglichkeit ging ihr auf die Nerven. Er klebte wie eine Klette an ihr. Egal was sie vorhatte, ob sie sich mit Freundinnen traf oder zum Sport wollte, am liebsten hätte er sie rund um die Uhr begleitet. Und weil das nicht ging, wollte er zumindest genau Bescheid wissen, was sie mit wem wo vorhatte. Und wann sie wieder nach Hause käme.

Sie hatte schon mehrmals versucht, ihm klarzumachen, dass sie das wahnsinnig machte. Und er sah es auch ein und schwor ihr hoch und heilig, sich zu bessern. Aber bei der nächsten Gelegenheit klammerte er sich wieder an sie wie ein Bergsteiger an sein Seil.

Es klingelte. Meine Güte, da war er schon, das war aber schnell gegangen.

Maggie erhob sich seufzend und schlurfte zur Tür. Ein schneller Blick in den Garderobenspiegel im Flur. Ah, kein schöner Anblick, der sich ihr da bot. Ihre verbeulte Jogginghose sprenkelten weiße Joghurtspritzer. Und diese Haare! Die hätte sie eigentlich schon gestern waschen müssen, dachte sie, während sie die Wohnungstür aufzog …

… und Louis gegenüberstand.

L O U I S. An den sie in den letzten Monaten, Wochen, Tagen praktisch ununterbrochen gedacht hatte. Und dann vergaß sie ihn kurz für fünf Minuten. Und schwupps! – stand er vor ihrer Tür.

»Oh mein Gott«, sagte Maggie und fuhr sich durch die Haare, aber das war natürlich sinnlos. Das gab es nur im Film, dass sich die Frisur der Heldin in eine voluminös zerzauste Traummähne verwandelte, nur weil sie sich einmal kurz durch die Locken wuschelte.

»Stör ich?«, fragte Louis betroffen.

»Natürlich nicht«, sagte Maggie. »Ich … äh … wollt mich gerade umziehen.«

»Ich bin auch gleich wieder weg«, meinte Louis. »Ich muss dir nur dringend was erzählen.«

»Echt?« Sie dachte an Philipp, der jeden Moment hier auftauchen würde. Hoffentlich fiel er unterwegs vom Rad. Oder hatte einen Platten. »Was ist denn passiert?«

»Der Hammer.« Unten ging die Haustür. Oh nein, dachte Maggie. Bitte, nicht jetzt schon!

»Kann ich vielleicht einen Moment reinkommen?«, fragte Louis.

»Natürlich. Sorry.« Sie führte ihn in ihr Zimmer. »Setz dich.« Igitt, die Joghurtspuren auf dem Boden! Und rund um den Mülleimer lagen Schnipsel, Brösel, vertrocknete

Mandarinenschalen und Bonbonpapiere. Der Zustand ihres Zimmers passte zu ihrem Look: asozial.

»Nicht nötig.« Wahrscheinlich hatte er Angst, dass er auf ihrem Schreibtischstuhl kleben bleiben würde. »Hast du es schon gehört?«

»Was denn?«

»Na, das mit Eva-Marie.«

»Was ist denn mit ihr?«

»Sie ist vom Pferd gefallen«, sagte Louis.

»Bitte?«

»Sie hat doch wie eine Besessene für dieses mega-wichtige Westernturnier in Krefeld trainiert. Und gestern Abend hat ihr Pferd sie abgeworfen.«

»Oh Mann. Ist es denn schlimm? Ich meine, ist sie …?« Maggie schluckte.

»Nur ein Beinbruch«, beruhigte Louis sie. »Wächst alles wieder zusammen.«

»Puh. Gott sei Dank.«

»Aber das Theaterstück kann sie vergessen. Selbst wenn sie bis zur Aufführung wieder einigermaßen fit wäre – eine Julia mit Gipsbein – das geht gar nicht.«

»Nee. Das wär wirklich komisch«, sagte Maggie. Und begriff. »Ach so. Du willst …«

»Genau«, meinte Louis. »Bitte, Maggie, bitte, bitte, bitte. Tu's für mich. Nein, Quatsch, tu's nicht für mich, ich bin doch vollkommen egal. Tu's für die Schule, tu's für die ganze Stadt, tu's für dich selbst. Du bist die beste Julia, die man sich vorstellen kann.«

Besser als Cosima?, dachte Maggie und schämte sich sofort wieder für den Gedanken.

»Brechtermaßen wird dich anrufen«, fuhr Louis fort. »Und Jacobs wahrscheinlich auch.«

»Der Direktor?«, fragte Maggie verständnislos. »Warum das denn?«

»Mann, Maggie!« Louis schrie jetzt fast. »Verstehst du es nicht? Es geht um alles. Das Stück steht auf dem Spiel und nur du allein kannst uns retten! Sag Ja, bitte!«

Das geht alles zu schnell, wollte Maggie sagen. Ich muss erst darüber nachdenken. Aber sie kam nicht dazu, weil Lucie jetzt nämlich schon wieder ihre Tür aufriss.

»Was willst du denn jetzt?«, fauchte Maggie.

»Besuch.« Lucie schob Philipp ins Zimmer und knallte die Tür von außen wieder zu.

»Hi.« Als Philipp Louis sah, verschwand das Lächeln aus seinem Gesicht.

»Hi«, meinte Louis, ohne ihn richtig anzusehen. Stattdessen legte er Maggie seine Hand auf die Schulter. »Überleg dir's. Und gib mir Bescheid, wenn du dich entschieden hast.«

»Wenn du dich wozu entschieden hast?« Philipps Stimme war hell vor Aufregung. »Was geht hier eigentlich ab?«

»Eva-Marie hat sich ein Bein gebrochen«, erklärte Louis. »Sie fällt aus und wir brauchen sofort eine neue Julia. Wir hoffen jetzt alle, dass Maggie einspringt.«

»Nein«, sagte Philipp tonlos.

»Was soll das heißen – nein?« Jetzt meldete sich Maggie zum ersten Mal selbst zu Wort.

»Nein heißt nein. Ich will nicht, dass du die nächsten Wochen nur noch in der Theater AG und auf der Bühne rumhängst. Dann bekomm ich dich ja überhaupt nicht mehr zu Gesicht. Und überhaupt, wir brauchen dich beim Bühnenbild.«

»Beim Bühnenbild«, wiederholte Louis spöttisch. »Also echt. Wenn das Stück abgesagt wird, weil wir keine Julia haben, brauchen wir auch kein Bühnenbild mehr.«

»Das Stück wird doch nicht abgesagt, nur weil Maggie nicht mitspielt!« Philipp lachte, aber es klang nicht sehr lustig. »Es gibt doch hundert Mädchen auf unserer Schule, die die Rolle übernehmen könnten.«

»Aber keine ist so gut wie Maggie.«

»Das sagst du doch nur, weil du scharf auf sie bist!«, schrie Philipp.

»Jetzt reicht's«, sagte Maggie. »Wirklich, Philipp.«

Da schoss er herum und stand plötzlich so dicht vor ihr, dass sie erschrocken zurückfuhr.

»Ich warne dich«, sagte er leise. »Wenn du das machst, wenn du da mitspielst, dann war's das, Maggie. Dann ist alles aus.«

Maggie holte tief Luft.

»Okay«, sagte sie zu Louis. »Ich bin dabei.«

19:13 MESZ
SMS von Maggie an Cosima

hallo Julia! E-M hat sich das bein gebrochen. ich übernehme ihre rolle! gruß, Julia :D

14

Cosima kickte die Schuhe von den Füßen, ließ ihre Tasche auf den Boden fallen und warf sich aufs Bett. Sie war fertig, erledigt, erschossen. Noch viel fertiger als nach einer Volleyballstunde mit Ätzefresse.

Caspar war ja auch schlimmer als Ätzefresse. Caspar war der absolute Horror. Noch nie zuvor in ihrem Leben hatte Cosima sich so unfähig und überfordert gefühlt. Sie war überglücklich gewesen, als er ihr angeboten hatte, die Julia zu spielen. Jetzt bereute sie zutiefst, dass sie es nicht abgelehnt hatte. Eine Nebenrolle hätte es doch auch getan. Am besten ohne Text.

Aber vermutlich hätte er auch dann etwas an ihr auszusetzen gehabt, wenn sie nur stumm auf der Bühne gestanden hätte. Sie entsprach einfach nicht seinen Vorstellungen. Und sie verstand nicht, was er von ihr wollte.

Jede seiner Anweisungen widersprach ihrem persönlichen Gefühl, ihrem Verständnis von der Rolle. Aber wenn sie versuchte, mit ihm zu argumentieren, dann biss sie auf Granit.

»Sorry, Coco, but I'm directing this play.« Ich bin der Regisseur, hieß das. *Du machst, was ich sage.*

Na gut, in Ordnung, hatte sie am Anfang gedacht. Er hatte ja auch sehr viel mehr Erfahrung als sie. Sie hob die Stimme, wenn er sie aufforderte, lauter zu sprechen. Sie flüsterte, wenn er sie zu dominant fand. Aber er war trotzdem nie zufrieden.

Dabei war Cosima so stolz, dass sie es geschafft hatte, innerhalb von vier Tagen den englischen Text zu lernen. Viele Ausdrücke hatte sie erst mal nachschlagen müssen, bevor sie sie verstand. Erstaunlicherweise saß der Text jetzt wirklich sicher, sie beherrschte die Dialoge sogar viel besser als Trevor – und der war schließlich Amerikaner. Aber das war für Caspar gar nicht der Rede wert. Dass die Schauspieler ihre Rolle beherrschten, setzte er als selbstverständlich voraus. Und wenn Cosima doch einmal hängen blieb und Hilfe brauchte, dann verzog er genervt das Gesicht. Oder schlug die Hände vor die Augen und stöhnte leise. Als ob es ihm große Schmerzen bereitete, dass Cosima so schlecht spielte.

Die erste Probe war eigentlich ganz gut verlaufen, da hatte Caspar Cosima und Trevor einfach machen lassen, ohne viel zu kommentieren. Und Cosima hatte sich super gefühlt, weil alles so perfekt lief. Sie und Trevor warfen sich die Stichworte zu, der Rest der Gruppe lachte oder applaudierte. Nur Caspar nicht.

Caspar saß auf seinem Stuhl an der Wand, sah ihnen beim Spielen zu und verzog keine Miene.

Als sie fertig waren, klatschte er in die Hände und nickte.

»Okay. Es ist noch ein weiter Weg. Fangen wir an.«

Cosima starrte ihn verständnislos an. Ein weiter Weg? Aber im Grunde saß doch alles schon. Na schön, die eine oder andere Korrektur hier und da war noch nötig. Aber bis zur Aufführung waren ja auch noch vier Wochen Zeit.

»Als ich euch gerade zugesehen habe, habe ich nichts gespürt«, sagte Caspar. »Überhaupt nichts.« Jetzt schaute

Cosima entgeistert zu Trevor, der zu ihrer Bestürzung nickte, als wäre er genau derselben Meinung.

»Was haben wir denn falsch gemacht?«, fragte sie dann unsicher.

»Ihr sollt nicht nur so tun, als ob ihr Romeo und Julia seid«, sagte Caspar. »Ich will, dass ihr euch auch so fühlt.«

Cosima runzelte verständnislos die Stirn.

»Nehmen wir doch einmal die Balkonszene«, meinte Caspar. »Julia steht da oben und Romeo macht sie an. Was empfindet Julia? *What do you think, Coco?*«

Sie zuckte mit den Schultern. »Love?«

»Da steckt doch noch mehr drin. Was geht in ihr vor?«

»Sie ist fasziniert von ihm. Und sie fühlt sich zu ihm hingezogen.«

»Und? Was noch?«

»Sie hat Angst«, sagte Cosima. »Weil sie weiß, dass ihre Beziehung nichts als Probleme bringt. Und dass es böse enden wird.«

Caspar nickte zufrieden. »*Very good.* Dann zeig mir das auch. Zeig mir ihre Liebe, ihre Leidenschaft und ihre Angst.«

Also, noch mal von vorn. Cosima kletterte auf den Stuhl, der den Balkon darstellte, Trevor postierte sich davor. »*But soft! What light through yonder window breaks?/ It is the east, and Juliet is the sun.*«

»*Ay me*«, seufzte Cosima, als er seinen Monolog beendet hatte.

»*No!*«, rief Caspar. »Du bist weder verliebt noch verängstigt. Du tust nur so, als würdest du etwas für Trevor empfinden.«

Natürlich, dachte Cosima gereizt. Sie war ja in Wirklichkeit auch nicht Julia Capulet aus Venedig, sondern Cosima Leo aus Düsseldorf.

»*Once again*«, befahl Caspar.

Er ließ sie die Szene zehnmal spielen. Cosima versuchte es verführerisch, neckisch, drohend, lächelnd – jedes Mal mit dem gleichen Ergebnis. Caspar schüttelte den Kopf.

»*I don't believe you.*«

Irgendwann war sie den Tränen nahe. »Okay«, sagte Caspar und für einen winzigen Moment dachte Cosima, dass er nun zufrieden wäre. Aber das war natürlich ein Trugschluss. »So wird das nichts. *Please come here, Coco.*«

Sie sprang von ihrem Stuhl und trat vor ihn hin.

»*Now show us some feeling*«, sagte er eindringlich. »Wut, Hass, Liebe, Glück, Trauer. Zeig uns, was du empfindest.«

»Wie meinst du das?« Sie verschränkte die Arme vor der Brust und schob trotzig das Kinn nach vorn. »Einfach so, ohne Text?«

»Einfach so. Ich will *dein* Gefühl. Was geht jetzt in diesem Moment in dir vor?«

Ich bin total genervt, dachte Cosima. Das geht in mir vor. Ich will hier weg, ich wünschte, ich hätte mich niemals auf diese Rolle eingelassen.

»*That's ridiculous*«, sagte sie laut.

»Dann zeig uns, dass es lächerlich ist«, meinte Caspar. »Mach dich lächerlich. Los.«

Was erwartete er von ihr? Dass sie sich vor ihm auf dem Boden wälzte, bis ihr Sabber aus dem Mund lief?

Sie ließ den Kopf zur Seite fallen, die Zunge aus dem Mund hängen und schlackerte mit den Armen. »*Like that?*«

»*That's a start.*«

Ein Anfang. Aber Caspar wollte mehr, viel mehr. Er wollte sie fertigmachen, er wollte sie vor allen anderen erniedrigen, das wurde ihr jetzt langsam klar. Aber das würde er nicht schaffen.

»*Go on. Give us more*«, sagte er.

Aber jetzt hatte sie genug, jetzt reichte es ihr. »*Are you crazy?*«, zischte sie ihn an. »Das kannst du mit mir nicht machen.«

»*Why not?*«, fragte er mit spöttischem Grinsen.

»*Who do you think you are?*«, fragte sie wütend. »Ich werde mich hier ganz bestimmt nicht zum Affen machen, denkst du, ich habe Angst vor dir? Wenn dir nicht gefällt, wie ich spiele, dann nimm mir die Scheißrolle eben wieder ab. Und such dir eine andere zum Schikanieren, mich kannst du mal. *Did you get that?*«

»*Yes*«, sagte Caspar. »*Excellent. We're getting there.*«

Sie starrte ihn ungläubig an. *We're getting there.* Wir kommen langsam ans Ziel. Er hatte nichts begriffen, nichts!

»*Oh, f… you!*«, stieß sie zornig hervor. »*I've had enough.*«

Sie stürmte aus dem Raum und knallte die Tür hinter sich zu. Als sie die Treppe nach oben rannte, hörte sie Schritte. Jemand folgte ihr. Nell, dachte sie, sie will mich trösten, aber ich will keinen Trost. Ich will einfach nur weg.

Sie war schon am Ausgang, als Trevor sie einholte.

»*Hey, easy, Coco.*« Er legte einen Arm um ihre Schulter. »*It's okay.* Caspar meint es nicht böse. *Don't run away.*«

»*I hate him.*«

»*I know.* Aber er ist immer so. Er will eben das Beste aus uns rausholen.«

»Warum hackt er dann immer nur auf mir rum? Dich findet er super, aber ich kann ihm nichts recht machen!«

»Ich hab das Ganze schon hinter mir«, erklärte Trevor. »Und auch wenn das jetzt blöd klingt: Es ist zwar ein Scheißgefühl, wenn Caspar dich so quält, aber es bringt dich echt weiter. Wenn du dich erst mal darauf eingelassen hast.«

Cosima wischte sich eine Träne aus dem Auge. Na so was, sie hatte gar nicht gemerkt, dass sie weinte.

»Ich wollte mich ja drauf einlassen«, flüsterte sie. »Ich hab's echt versucht. Aber ich schaff es nicht. Ich bin zu schlecht.«

»Quatsch. Du bist super. Aber Caspar hat Recht. Du gibst nicht alles. Du hast zu viel Angst.«

»Das stimmt doch nicht. Ich weiß einfach nicht …«

»Lass die Hosen runter, Coco«, sagte Trevor. »Natürlich nicht wörtlich. Aber zeig uns, was in dir steckt. Ohne Rücksicht auf Verluste. Dafür brauchst du eine Menge Mut. Aber du kannst das. Wenn du es willst.«

Sie schluckte. »Ich fühl mich total bescheuert.«

»Das Gefühl kenn ich. Aber glaub mir, da muss man durch.« Trevor grinste. »*Don't give up.*«

»Ich geh da nicht mehr rein.« Sie wies mit dem Kopf in Richtung Keller. »Ich pack das nicht.«

»*Yes, you do.*« Trevor nickte beruhigend. »Aber für heute ist es genug. Geh nach Hause und lass es erst mal sacken. Und morgen fangen wir wieder von vorne an.« Er legte theatralisch die Hand vor die Stirn und deklamierte. »*Arise, fair sun, and kill the envious moon, who is already sick and pale with grief!*«

»*Ay me*«, sagte Cosima in einem so jämmerlichen Ton, dass sie beide lachen mussten.

»*See you tomorrow.*« Trevor zog sie an sich und klopfte ihr sanft auf den Rücken.

Und jetzt lag sie auf ihrem Bett und fühlte, wie ihre Wut auf Caspar abflaute und stattdessen Verzweiflung in ihr aufstieg. Wenn sie die Rolle hinschmiss, dann brauchte sie nicht mehr zu den Proben gehen. Dann würde sie auch die anderen nicht mehr sehen.

Dann wäre sie wieder so allein wie vorher.

Und trotzdem.

Allein die Vorstellung, morgen Abend erneut mit Caspar zu der alten Fabrik zu dackeln, auf den blöden Stuhl zu klettern und wieder und wieder *Ay me* zu jammern. »Nein«, sagte Cosima laut.

Kein Wunder, dass Nell ihr damals um den Hals gefallen war, als sie gehört hatte, dass Cosima die Julia spielen sollte. Die wusste genau, was ihr erspart bleiben würde, dachte Cosima.

Nell. Sie überlegte, ob sie sie anrufen sollte. Können wir Freunde bleiben, auch wenn ich nicht mehr zu den Treffen komme? Aber Cosima wusste genau, was Nell ihr antworten würde. *»Don't give up. Try harder. You'll make it.«*

Never, dachte Cosima.

Es war kurz nach zehn. Zu spät, um in den Coffeeshop zu gehen und Maggie zu schreiben. Was hätte sie ihr auch erzählen sollen? *Hi, Mag, ich hab die Julia hingeschmissen, ich pack es einfach nicht.* Maggie würde sie nicht verstehen. In der Theater-AG brauchte sie nur einmal mit den Augen zu rollen und theatralisch zu seufzen und Brechtermaßen wäre begeistert. Das war lachhaft im Vergleich zu dem, was Caspar von ihr erwartete.

Give me some real feeling, hörte sie ihn wieder sagen.

Cosima brach in Tränen aus.

Sie hatte ihr ganzes Kopfkissen vollgeheult, als es an der Tür klopfte. Alarmiert hob sie den Kopf. Das konnte nur Rosie sein. Wenn sie Cosimas verweintes Gesicht sah, würde sie sofort wissen wollen, was los war. Alles, nur das nicht.

»*I'm in bed*«, rief sie zur Tür. Ihre Stimme klang total belegt. Zum Teufel aber auch.

»*It's me.*« Das war nicht Rosies Stimme. Das war Caspar. Mist, oh Mist. Mit einem Satz sprang Cosima aus dem Bett. Sie kramte ihre Puderdose aus der Handtasche, warf einen Blick in den Spiegel im Deckel und ließ sie voller Entsetzen wieder zuschnappen. Megamist! Ihr Gesicht war total verquollen, sie sah aus, als ob sie eine Stunde lang Zwiebeln geschält hätte. Oder geheult.

Hatte sie ja auch.

Give me some real feeling.

Kannst du haben, dachte Cosima finster. Und riss die Tür auf.

»*What?*«

»*Oh dear.*« Als Caspar ihr verquollenes Gesicht sah, wich er erschrocken einen Schritt zurück. »*Can I come in?*«, fragte er dann.

»*Why?*« Cosima suchte in ihrer Jeans nach einem Taschentuch und schniefte laut, als sie keines fand.

»*We need to talk.*« Caspar warf einen nervösen Blick über die Schulter. Wahrscheinlich befürchtete er, dass seine Mutter im Flur auftauchen und sich einmischen könnte.

Die Vorstellung war allerdings schrecklich. Cosima schauderte. »*Okay. Come in.*« In ihrem Zimmer gab es keinen Sitzsack, in den sie ihn hätte versinken lassen können. Nur einen wackligen Stuhl, auf dem er sich jetzt niederließ. Sie selbst ließ sich aufs Bett plumpsen und saß auf diese Weise schon wieder zu seinen Füßen. Zum Teufel aber auch.

»*I'm sorry, Coco*«, sagte Caspar. »Wirklich, es tut mir leid. Als du weg warst, haben mir die anderen die Hölle heißgemacht. Sie fanden es unmöglich, wie ich dich behandelt habe. Dabei wollte ich dich nicht schikanieren, ehrlich nicht. Ich wollte dir nur vermitteln, worauf es mir ankommt.«

»Das ist aber nicht rübergekommen«, meinte Cosima spitz. »Vielleicht war ich ja auch zu blöd dazu. Aber ich hab einen guten Vorschlag für dich.«

»Und der wäre?«

»Warum spielst du die Julia nicht selber? Dann musst du gar nichts mehr erklären. Du weißt doch sowieso ganz genau, worauf es ankommt.«

Er grinste, dann verzog er das Gesicht. *»That's a bad idea.* Ich bin ein erbärmlicher Schauspieler.«

»Ich auch«, sagte Cosima.

»Quatsch«, sagte Caspar. »Du bist gut. Sonst hätte ich dich doch nicht genommen.«

»Wie auch immer«, meinte Cosima. »Ich kann das nicht. So jedenfalls nicht. Ich hab das Gefühl, dass ich alles falsch mache. Ich versuch gar nicht mehr, mich in die Rolle reinzudenken. Ich versuch nur noch zu erraten, was du von mir willst.«

»Shit.« Caspar nickte betroffen. »Was machen wir denn jetzt?«

»Nichts. Also, ich mach nichts mehr. Ich hab genug.«

Jetzt schüttelte er den Kopf. »Ich hab eine andere Idee«, meinte er dann. »Wir fangen noch mal von vorn an.«

»Bitte was? Lieber spring ich von einem echten Balkon, als dass ich mich noch mal auf diesen Stuhl stelle.«

»Vergiss die dämliche Balkonszene. Die nehmen wir uns ganz zum Schluss vor.«

»Nein, Caspar. Ich bin raus aus der Sache. Glaub mir. Vielleicht kann ich euch ja beim Bühnenbild oder bei den Kostümen helfen …« Haha, das war natürlich absurd. Maggie hatte in der Bühnenbild-AG angefangen und spielte jetzt die Julia. Und bei Cosima war es genau andersrum.

»One more chance, Coco. Gib mir nur noch eine letzte Chance.«

Er ließ einfach nicht locker. Sie fragte sich, warum er so versessen darauf war, sie in der Gruppe zu behalten. Die anderen Mädchen spielten alle schon sehr viel länger mit als sie und waren mit Sicherheit um einiges professioneller.

Cosima warf einen Blick auf die Uhr. Gleich halb zwölf. »Okay«, meinte sie gähnend. »Wenn du mich dann schlafen lässt. Aber eines sag ich dir, wenn du mich weiter quälst, bin ich sofort weg. Und red nie mehr ein Wort mit dir.«

Sie erwartete, dass er wieder grinsen würde, aber diesmal blieb er ganz ernst. »Das wird nicht mehr vorkommen«, sagte er. *»I really care for you, you know.«*

Dann ging er und ließ Cosima vollkommen verwirrt zurück. *I really care for you.* Du bedeutest mir eine Menge. Was sollte das denn heißen?

Ging es hier überhaupt noch um das Theaterstück oder schon um viel mehr?

»*Ay me*«, seufzte Cosima.

15

From: Cosima
Date: 06.11 10:37:53 p. m. EST
Subject: Keine neue Nachricht
To: Maggie

Liebe Julia-Mag,

wie geht es dir? Sind die Theaterproben bei euch genauso anstrengend wie bei uns? Ich häng in letzter Zeit nur noch in der alten Fabrik rum, wir üben Tag und Nacht. Jetzt ist es auch schon wieder halb elf, aber ich hab Caspar überredet, dass er mich noch auf einen Sprung in den Coffeeshop begleitet, damit ich meine Mails checken und an dich schreiben kann. Aber keine neue Nachricht von dir :(((Was ist los?
Hoffentlich geht's dir gut. Trevor (mein Romeo) ist wirklich nett, aber natürlich kein Vergleich zu Louis. Ich beneide dich so, dass du mit ihm spielen darfst. Weißt du eigentlich, wie gut du es hast?
Caspar hat seinen Kaffee ausgetrunken. Er wird ungeduldig. Ich muss los. MELD DICH!
Cos–die-Kröte <3

Von: Maggie
Datum: 05.11 16.53:07 MEZ
Betreff: Re: Keine neue Nachricht
An: Cosima

Liebe Cos,

ja, bei uns ist es genauso. Wir haben jetzt zweimal die Woche Probe und zwischendrin will Brechtermaßen uns oft noch einzeln sehen. Er ist grausam, ein paarmal war ich kurz davor, alles hinzuschmeißen. Aber das wär natürlich oberfies, so schnell kann wirklich keiner mehr einspringen.
Jetzt hab ich es endlich geschafft, Laras Vater noch mal zu googeln. Aber ich hab keine Leichen gefunden, sorry. Vielleicht ist mein Englisch auch zu schlecht. Aber es gibt ein paar tolle Bilder von dem Haus der McAllisters, die Hütte wurde nämlich vor ein paar Monaten in einer stylischen Wohnzeitschrift vorgestellt (»Wohnen wie die Stars«).
Ein bescheidenes Domizil: elf Schlafzimmer, Schwimmbad auf dem Dach, Sauna im Garten, Fitnessbereich und eigene Disco. Ach ja, und ein kleines Kino.
Gegen Lara sind wir beide Aschenputtel. Kein Wunder, dass sie so arrogant ist. Und dass Aschenputtel am Ende über die reiche Stiefschwester triumphiert, das gibt's wohl nur im Märchen … :(
Vergiss sie. Schick mir lieber ein paar Fotos von euren Proben. Oh Mann, wenn ich bloß mal bei euch reinschnuppern könnte!

Dicke Umarmung!
Deine Turtelina

Weißt du eigentlich, wie gut du es hast? Das war ein Witz, dachte Maggie. Nur dass sie ihn nicht lustig fand. Und Cosima hätte auch nicht darüber lachen können, wenn sie gewusst hätte, was hier los war.

Louis und Maggie als Romeo und Julia.

»Ihr seid das perfekte Liebespaar«, hatte Brechtermaßen gleich bei ihrer ersten gemeinsamen Probe gejubelt. »Maggie, ich bin ganz begeistert, wie schnell du dir die Rolle angeeignet hast. Wahnsinn, ich glaub dir jedes Wort.«

Kein Wunder, dachte Maggie, während sie ihr Mäppchen zusammen mit dem Englischbuch in ihrer Schultasche verstaute. Es stimmt ja auch alles. *Verhängnisvoll! Ich fühle mich getrieben,/ Den ärgsten Feind aufs zärtlichste zu lieben.* Louis war nun zwar nicht ihr ärgster Feind und ihre Familien waren nicht zerstritten. Aber er war genauso tabu für sie wie Romeo für Julia. Sie durfte ihn nicht lieben, weil er der Freund ihrer besten Freundin war. Genau wie Julia wehrte sich auch Maggie gegen ihre Gefühle und versuchte sie zu unterdrücken, aber es half nichts. Ihre Leidenschaft, ihr Verlangen nach Louis wurde immer größer.

»Wir gehen in die Stadt, bei Hollister haben sie T-Shirts reduziert«, sagte Lidan, als sie das Klassenzimmer verließ. »Kommst du mit?«

Maggie seufzte. »Nee, ich muss in die Theater-AG.«

»Echt, schon wieder? Habt ihr nicht gestern erst geprobt?«

»Nee, gestern war frei. Aber vorgestern. Und morgen auch.«

»Nervt dich das nicht langsam?«

»Ist ja nicht mehr lange bis zur Aufführung.«

»Das stimmt auch wieder. Ich bin echt gespannt, wie's wird.«

»Ich auch«, stöhnte Maggie.

»Ich hab gestern von Sophie gehört, dass Brechtermaßen dich einem Bekannten empfehlen will, der im Schauspielhaus arbeitet. Der ist ja wohl total begeistert von dir.«

»Ach Blödsinn, das kann ich mir nicht vorstellen. Da muss sie sich verhört haben.«

Lidan legte ihren Arm um Maggie. »Nee, die hat sich nicht verhört. Brechtermaßen hat erkannt, was wir alle schon lange wissen: dass du einfach genial bist. Aber du willst es ja nicht wahrhaben. Wenn du nur ein Viertel von Eva-Maries Selbstbewusstsein hättest, wärst du wahrscheinlich längst ein Weltstar, bei deinem Talent.«

Maggie spielte verlegen mit ihrem Schildkrötenanhänger. Lidan hatte ja keine Ahnung. Genauso wenig wie Brechtermaßen. Sie war keine tolle Schauspielerin, für die Julia musste sie ja gar nicht schauspielern. Es genügte, Louis anzusehen und dann in sich hineinzuhorchen. Danach fühlte sie, was Julia fühlte.

Sie wunderte sich, dass die anderen in der Theater-AG nicht längst schon gemerkt hatten, was mit ihr los war. Aber keiner schien irgendeinen Verdacht zu hegen. Vielleicht tuschelten sie ja bereits hinter ihrem Rücken über sie, das war natürlich nicht auszuschließen. Vielleicht sagte auch keiner was, weil alle Angst hatten, dass Maggie die Rolle hinschmeißen könnte. Dann würde Eva-Marie mit ihrem Gipsbein auf die Bühne humpeln und die Sache wieder übernehmen.

»Ich muss los«, meinte Lidan jetzt. »Aber da kommt ja auch schon dein Romeo.«

Dann rannte sie Lena und Charlotte nach, die schon an der Treppe waren.

Louis umarmte Maggie zur Begrüßung, das machte er immer, wenn er sie sah. Er umarmte auch Sophie und Lidan und Mara und manchmal sogar Eva-Marie, es hatte nichts zu bedeuten, aber das kapierte Maggies Körper einfach nicht, er spulte jedes Mal dasselbe bescheuerte Programm ab, wenn Louis seinen Arm um ihre Schultern legte. Herzklopfen, Hitzewallungen, Zittern, weiche Knie, Magenschmerzen. Ein knallroter Kopf. Es war zum Aus-der-Haut-Fahren!

»Alles klar?«, fragte Louis.

»Bei mir schon«, sagte Maggie.

»Aber nicht mehr lange«, sagte Louis.

»Wieso?«

»Eva-Marie ist vor ein paar Tagen aus dem Krankenhaus gekommen. Montag ist sie wieder in der Schule. Hat mir Annalena heute erzählt. Sie geht fest davon aus, dass sie die Julia spielt.«

»Aber Annalena hat ihr doch wohl verklickert, dass ich jetzt die Rolle habe!«, meinte Maggie.

»Die ist doch nicht lebensmüde. Eva-Marie rastet komplett aus und schlägt um sich, wenn sie erfährt, dass sie aus dem Spiel ist.«

»Aber sie kann doch nicht ernsthaft erwarten, dass sie mit Gipsbein die Hauptrolle spielen wird.«

»Du kennst sie doch. Selbstzweifel sind ihr fremd. Jetzt geht ihr schon das Turnier durch die Lappen, da will sie wenigstens auf der Bühne glänzen.«

»Mist«, meinte Maggie. »Jemand muss ihr vor Montag die Wahrheit sagen. Ich meine, es ist doch furchtbar, wenn sie erst an der Schule erfährt, was Sache ist.«

»Bitte, du kannst herzlich gerne bei ihr vorbeigehen und ihr die frohe Botschaft überbringen. Oder schreib ihr eine Mail. Ich tu's bestimmt nicht.«

»Wie geht's ihr denn eigentlich? Ist mit dem Bein alles okay?«

»Ich glaube schon.«

»Du glaubst schon?«, fragte Maggie überrascht. »Hast du sie denn nicht besucht?«

»Natürlich nicht. Hör mal, wenn ich im Krankenhaus aufgetaucht wäre, dann hätte sie sofort darauf spekuliert, dass sie doch noch Chancen bei mir hat. Vergiss sie. In der Theater-AG sind alle froh, dass sie weg ist. Sogar Sophie ist wieder zurückgekommen, als sie gehört hat, dass du jetzt die Julia spielst.«

»Na, meinetwegen könnte Eva-Marie die Rolle gerne wiederhaben. Mir ist jetzt schon schlecht vor Angst, wenn ich an die Aufführung denke. Ich werde vor Lampenfieber sterben.«

»Ehrlich?«, fragte Louis überrascht. »Warum denn?«

»Na, hör mal. Wenn ich den Auftritt nun vermassle.«

»Das passiert dir nicht. Ganz bestimmt nicht.«

»Hast du denn keine Angst?«

»Na, so ein bisschen Bauchkribbeln hab ich auch. Aber eigentlich freu ich mich auf die Aufführung.«

»Oh Mann. Du bist zu beneiden.«

»Du wirst es super machen, Maggie. Alle werden begeistert sein, das weiß ich genau.«

»Das sagst du nur so.«

»Warum sollte ich dich anlügen? Du bist meine Julia, wenn du fällst, falle ich auch.«

»Oh Gott. Jetzt hab ich noch mehr Bammel«, stöhnte Maggie.

»Quatsch.« Louis grinste. »Der einzige Grund zum Fürchten ist Eva-Marie.«

»Dass sie dich und mich erdolcht, passend zur Rolle.«

»Genau.«

»Hast du gehört, dass Cosima jetzt ebenfalls die Julia spielt?«

Er nickte. »Hat sie mir geschrieben. Das ist ein Ding, oder?« Er schien noch etwas hinzufügen zu wollen, aber dann sagte er es doch nicht.

»Ich würde sie so gerne sehen. Bei der Aufführung, meine ich. Und überhaupt.«

»Ja, das wäre klasse.«

»Weißt du denn inzwischen, ob du in den Weihnachtsferien hinfliegst?«

Er zögerte. »Vermutlich«, sagte er dann. »Meine Mutter hat mir gesagt, dass sie mir den Flug spendiert. Und Cosima meinte, dass ich vielleicht bei Rosie pennen kann. Sie wollte sie jedenfalls fragen. Sonst muss ich mich nach einem Hotel umschauen, aber ob ich das finanzieren kann … New York ist ja nicht grade ein billiges Pflaster.«

Maggie versuchte sich zu erinnern, was Cosima über Rosies Wohnung geschrieben hatte. Es war auf jeden Fall ziemlich eng dort. Und ein Gästezimmer gab es ganz bestimmt nicht. Aber Rosie war ja so locker, die hätte sicher nichts dagegen, wenn Louis bei Cosima im Zimmer schlief. Zusammen mit ihr auf einer Matratze. Maggie schluckte.

»Und du?«, fragte Louis.

»Was … und ich?«

»Du hast doch auch überlegt, ob du Cosima besuchen willst.«

»Na ja, schon«, meinte Maggie gedehnt. »Aber das wird wohl nichts. Ist einfach zu teuer.«

»Schade«, sagte Louis.

»Sie kommt ja auch kurz nach Weihnachten schon wieder nach Hause.«

Louis nickte gedankenverloren.

»Was ist denn eigentlich jetzt mit Philipp«, fragte er dann zusammenhanglos. »Habt ihr euch wieder versöhnt?«

»Er hat sich entschuldigt, weil er so ausgerastet ist.«

»Und du hast ihm verziehen.«

»Na ja, sicher.« Aber ob sie jetzt wieder zusammen waren oder nicht, hätte sie Louis nicht sagen können. Das war Maggie selbst nicht so ganz klar. Philipp tauchte ziemlich oft bei ihr auf, er lud sie ins Kino, zum Eisessen, in einen Club ein. Manchmal ging sie auch mit. Und wenn sie sich hinterher verabschiedeten, küssten sie sich auch. Aber mehr war da nicht. Jedenfalls nicht von Maggies Seite aus. Philipp war nach wie vor total verknallt in sie.

»Passiert ihm aber ziemlich oft, dass er ausrastet, oder? Ich meine, neulich, als er uns auf dem Nachhauseweg zusammen gesehen hat, das war doch genau die gleiche Geschichte.«

»Er ist eifersüchtig«, gab Maggie zu.

»Wenn du kein Problem damit hast, ist ja alles klar.«

Nichts ist klar, dachte Maggie. Ich liebe dich und ich will dich, das kann dir doch nicht entgangen sein. Philipp ist nett und lustig, wenn er nicht gerade eine Eifersuchtsattacke hat. Und ich fühl mich total schäbig ihm gegenüber. Ich bringe es einfach nicht übers Herz, ihm die Wahrheit zu sagen: dass ich nur mit ihm zusammen bin, um Eva-Marie zu täuschen.

»Es ist nicht so einfach«, sagte sie schließlich.

»Was ist nicht so einfach?« Louis klang mit einem Mal ziemlich genervt. »Entweder du stehst auf den Typ oder du stehst nicht auf ihn. Was soll daran kompliziert sein?«

»Na ja«, begann Maggie, aber dann fiel ihr absolut nichts mehr ein, was sie hätte entgegnen können, also zuckte sie nur mit den Schultern.

»Ist ja auch nicht mein Bier«, sagte Louis. »Wir müssen jetzt los zur Probe.«

22:57 MESZ

SMS von Maggie an Cosima

E-M tobt vor wut, weil ich die neue Julia bin. jetzt verbreitet sie lügen über L & mich. Wenn sie dir schreibt, glaub ihr kein wort!

Rosie bestand darauf, dass Cosima frühstückte, bevor sie zur Schule fuhr. Obwohl Cosima ihr schon hundertmal erklärt hatte, dass sie lieber eine halbe Stunde länger schlafen würde. Besonders jetzt, wo sie und Caspar oft erst kurz vor Mitternacht von der Probe nach Hause kamen. Caspar machte das nichts aus, er konnte ausschlafen, aber Cosimas Wecker klingelte jeden Morgen um Viertel nach sechs.

»In Deutschland frühstücke ich nie«, murrte sie, während sie sich mit schwerem Kopf an Rosies Küchentisch niederließ.

»*Well,* hier schon«, meinte Rosie und reichte ihr eine dampfende Tasse. »*Have some coffee.*«

Cosima nahm einen Schluck und verbrannte sich prompt die Zunge.

»*Careful, it's hot*«, warnte Rosie.

Cosima setzte die Tasse so hart auf den Tisch, dass der Kaffee über den Rand schwappte.

»Hab ich gemerkt«, knurrte sie.

»*You're tired.*« Rosie merkte aber auch alles. »Ich glaube, ihr übertreibt es in dieser Theatergruppe. Ich muss mit Caspar reden, er muss die Proben früher beenden …«

»*No, it's okay.*« Cosima hörte sofort auf zu gähnen und setzte sich aufrecht. Nach den Anfangsschwierigkeiten liefen die Theaterproben jetzt ausgezeichnet. Caspar war sehr viel vorsichtiger mit seiner Kritik, lobte mehr und ließ sie eine Szene nicht mehr bis zum Überdruss wiederholen, wenn er nicht zufrieden war. »Wir lassen es so«, sagte er. »Fürs Erste.« Dann wusste Cosima, dass er nicht zufrieden war. Und gab sich noch mehr Mühe.

Sie vergaß nie, was Trevor zu ihr gesagt hatte, als er ihr nach der ersten missglückten Probe gefolgt war. *Lass die Hosen runter, Coco. Zeig uns, was in dir steckt.* Darum ging es Caspar, darum ging es ja schließlich beim Theater. Ein guter Schauspieler musste sich trauen, sein Innerstes nach außen zu kehren, sich lächerlich und angreifbar zu machen, ohne Rücksicht auf Verluste.

Cosima war noch lange keine gute Schauspielerin, das wurde ihr in jeder Probe aufs Neue klar. Aber sie wurde immer besser. Das war das Entscheidende.

»Ich muss dich was fragen«, wechselte sie jetzt das Thema, um Rosie von den Proben abzulenken. »*My friend from Germany* … Er wollte mich ja an Weihnachten besuchen. Kennst du vielleicht ein Hotel in der Nähe …?«

Eigentlich wollte Louis nicht ins Hotel, er hoffte, dass er bei Rosie übernachten konnte, aber das war ganz ausgeschlossen. Die Wohnung war ja eigentlich schon für drei Leute zu klein.

»*Oh, your boyfriend!*«, rief Rosie begeistert. »*The actor!*«

»Er ist kein richtiger Schauspieler«, sagte Cosima.

»*But he's your boyfriend*«, erklärte Rosie.

In diesem Moment kam Caspar in die Küche. Er murmelte einen unverständlichen Gruß und schlurfte zur Kaffeemaschine, die Augen halb geschlossen. Sein Gesicht war bleich vor Müdigkeit, er sah aus, als ob er die Nacht durchgemacht hätte.

»*What's his name?*«, wollte Rosie wissen.

»Louis«, sagte Cosima. Sie wollte jetzt nicht über Louis reden, nicht während Caspar da stand und sich Kaffee einschenkte. Obwohl er nicht so wirkte, als ob er irgendetwas mitbekam, er schien immer noch zu schlafen.

»Well, wenn er dein Freund ist, dann kann er doch bei dir im Zimmer schlafen«, erklärte Rosie. *»I'm a liberal person, you know.«*

Dann schoss sie erschrocken hoch, weil Caspar hinter ihr seinen Kaffee fallen ließ. Die Tasse knallte auf die Steinfliesen, die heiße Flüssigkeit spritzte durch die ganze Küche. Ein Schwall traf Cosimas Schuluniform, ein paar Spritzer trafen ihr Gesicht. Sie schrie laut auf.

»F...«, schrie Caspar erschrocken. »Was für ein verdammter Dreck!«

Er starrte betroffen auf Cosimas durchnässten Rock.

»Hast du dich verbrannt?«, fragte Rosie besorgt.

»*No, it's okay.*« Bevor Rosie ihr mit einem nassen Geschirrtuch zu Leibe rücken konnte, war Cosima schon in ihr Zimmer geflüchtet. Als sie den Rock auszog, sah sie, dass ihr rechtes Bein ganz rot war. Aber es tat glücklicherweise nicht sehr weh, der dicke Stoff hatte ihre Haut geschützt. Sie warf den nassen Rock in die Wäsche und zog Jeans an. Dann eben heute keine Uniform.

Rosie und Caspar sammelten gerade die Scherben auf, als sie wieder in den Flur trat. »Sorry, dass ich nicht helfe, aber ich muss jetzt zur Schule«, meinte sie betreten.

»Are you sure you're okay?«, fragte Rosie besorgt.

Cosima nickte. »Hast du dich verbrüht, Caspar?«

»No, no, don't worry, I'm fine«, erklärte er, während er Wasser in einen Putzeimer füllte. *»I'm such an idiot.«*

Ich bin so ein Idiot. Ob sich das auf das Missgeschick mit der Tasse bezog oder auf Louis?, fragte sich Cosima auf dem Weg zur U-Bahn. Ich bin so ein Idiot, dass ich mir Hoffnungen auf dich gemacht habe. War es das, was Caspar meinte? Auf jeden Fall hatte er die Tasse genau in dem Moment fallen lassen, in dem Rosie von Cosimas Freund gesprochen hatte.

Wahrscheinlich nur ein Zufall, dachte Cosima.

16

From: Cosima
Date: 15.11 01:27:16 p. m. EST
Subject: Die ganze Wahrheit über Lara McMonster
To: Maggie

Liebe Turtelina,

Eva-Marie hat es tatsächlich getan. Das hätte ich ihr echt nicht zugetraut, aber sie hat mir geschrieben. »Weißt du eigentlich, dass dir deine sogenannte Freundin Maggie gerade den Freund ausspannt? Mir wird ganz schlecht, wenn ich sehe, wie sie ihn anhimmelt.« Und so weiter und so fort, ich erspar dir ihre ganze Mail. Ich weiß natürlich, dass alles erstunken und erlogen ist. Mach dir keine Sorgen! ;)
Eva-Marie ist nur neidisch, weil sie 1. ihre Hauptrolle los ist und 2. endlich realisiert hat, dass sie sich Louis abschminken kann. Und wenn sie ihn schon nicht kriegen kann, dann soll ihn auch keine andere haben. Hab überlegt, ob ich ihr zurückschreibe, aber ich glaube, ich ignorier das Geschreibsel einfach.
Hier ist alles beim Alten. Tagsüber Schule und abends proben, proben, proben. Obwohl es mega-anstrengend ist, macht mir das Theater total viel Spaß. Caspar ist so ein toller

Regisseur, ich lerne wahnsinnig viel von ihm. Vielleicht bewerb ich mich später mal an einer Schauspielschule? Vielleicht sogar zusammen mit dir? :)

Na ja, was ich oben geschrieben habe, stimmt nicht ganz. Es ist nicht *alles* beim Alten. In der Schule ist mir gestern was Komisches passiert. Als ich auf dem Klo war, hörte ich in der Nachbarkabine jemanden schniefen. Hab erst mal die Luft angehalten und abgewartet. Nach einer halben Ewigkeit hörte ich endlich die Tür – da bin ich auch raus und sah, dass es Lara war. Total verheult. Sie hat mir einen Mörderblick zugeworfen, der pure Hass! Aber dabei sah sie so fertig aus, dass sie mir einfach leidtat.

Ich wollte sie eigentlich nicht ansprechen, ihr Blick war ja abschreckend genug, aber dann hab ich's doch getan.

Ich: Alles klar, Lara? (*Okay, okay, das war ein TOTAL blöder Einstieg, ich geb's zu. Es war ja offensichtlich, dass nichts klar war. Lara antwortete auch gar nicht erst, stattdessen beugte sie sich übers Waschbecken und spritzte sich kaltes Wasser ins Gesicht. Wahrscheinlich hoffte sie, dass ich einfach weggehen würde. Aber ich blieb.)*

Ich: Es tut mir leid, Lara.

Lara (*richtete sich tropfend wieder auf*): Was tut dir leid? Du hast doch keine Ahnung!

Ich: Doch. Ich … weiß Bescheid. Dein Vater. Er hat … er ist … *(Und dann dachte ich plötzlich, dass es vielleicht doch nicht stimmte. Ich meine, was wusste ich denn schon? Ich hatte nur dieses eine kurze Gespräch gehört, ein paar Sätze, die alles*

und nichts bedeuten konnten. Aber nun gab es kein Zurück mehr.)
Lara: Er hat was? Woher weißt du das überhaupt? Es ist doch noch gar nichts raus.
Ich: … (*Ich konnte ja nun schlecht zugeben, dass ich sie belauscht hatte.*)
Lara: Ist ja auch scheißegal. In ein paar Tagen weiß ganz New York, dass er bankrott ist.
Ich: !!! (*OMG, bankrott! Jetzt wurde mir einiges klar. Es geht gar nicht darum, dass er eine Geliebte hat, er ist pleite. Und pleite heißt: kein Penthouse, kein Luxusurlaub, kein neues Handy, keine schicken Klamotten und …)*
Lara: Bingo! Du hast es erfasst. Mein Dad kann die Schulgebühren nicht mehr zahlen. Ende des Jahres bin ich hier weg.
Ich: Oh Lara. Das ist ja …
Lara: Tu doch nicht so, du falsche Schlange. Du hast doch die ganze Zeit schon auf mich runtergeguckt. *Ich kann mir ein besseres Smartphone leisten als du und ich bin auch viel cooler angezogen.* Oh Mann, ich kann dir gar nicht sagen, wie mich diese Tour ankotzt.
Ich: Was? Ich hab auf dich runtergeguckt? Du spinnst doch. Du hast mich vom ersten Tag an wie den letzten Dreck behandelt und gemobbt, als ob ich schuld daran wäre, dass dein Vater keine Kohle mehr hat. Dabei wusste ich das doch gar nicht.
Lara: Hä? Du hast doch gerade eben behauptet, dass du längst Bescheid weißt.

Ich: Ich dachte, dein Vater hat eine andere und will sich scheiden lassen. Aber du hast Recht: Ist ja scheißegal. Du glaubst mir eh nicht.
Lara: Genau.
Ich: Aber vielleicht ist es doch ganz gut, dass es dir jetzt passiert.
Lara: Hä?
Ich: Vielleicht merkst du mal, wie das ist, wenn man nicht ganz oben ist. Und wirst ein bisschen netter.
Eigentlich ist es ja absurd: Ich dachte die ganze Zeit, dass Lara auf mich runterguckt und sie dachte das Gleiche von mir. Wenn das ein Film wäre, hätte es jetzt ein Happy End gegeben und wir wären uns weinend um den Hals gefallen. In Wirklichkeit hab ich mich schnell verzogen, bevor sie ihr Tränengasspray aus der Handtasche holen konnte oder ein Messer.
Arme reiche Lara, oder?
Schreib mal, wie's dir geht. Und was Eva-Marie so macht. Und was ist mit Philipp? Alles wieder klar bei euch?

xxx
Kisses from
Coco

Von: Maggie
Datum: 20.11 20:17:48 MEZ
Betreff: Re: Die ganze Wahrheit über Lara McMonster
An: Cosima

Liebe Cos (oder nennst du dich jetzt Coco? Klingt lustig, finde ich)!

ja, ich bin noch mit Philipp zusammen.
Aber nicht mehr lange, wenn Eva-Marie so weitermacht. Sie bringt mich nämlich bald ins Grab. Sie hat einen richtigen Feldzug gegen mich und Louis gestartet und verbreitet in der ganzen Schule, dass ich ihr nur deshalb die Rolle abgeluchst habe (lol!), weil ich scharf auf Louis bin. Inzwischen postet sie ihre Verdächtigungen sogar schon auf Facebook. Ich könnte sie erwürgen.
Ich wünschte, du wärest hier, dann würdest du die Julia spielen und ich würde in aller Seelenruhe weiter am Bühnenbild basteln. Wer macht eigentlich euer Bühnenbild? Und wer kümmert sich um die Kostüme? Wir müssen uns unsere Kostüme selbst besorgen und ich hab noch keinen blassen Schimmer, was ich als Julia anziehen soll.
Das mit Lara ist ja der Oberhammer. Ich hab McAllister noch mal gegoogelt – gestern wurde die Nachricht eingestellt, dass er bankrott ist. Lara kann einem leidtun – aber was du zu ihr gesagt hast, war genau richtig. Vielleicht bringt sie die Pleite ja zum Nachdenken, das wär doch mal ein positiver Nebeneffekt. :)

Maggie ließ ihre Hände von der Tastatur sinken. Eva-Marie, die Theaterkostüme, Lara McAllister, Blablaba. Alles unwichtig. Was sie wirklich beschäftigte, erwähnte sie nicht. Kein Wort über Philipp, der mit jedem Tag mehr davon überzeugt war, dass er und Maggie füreinander geschaffen waren. Dass sie nicht nur die Schulzeit zusammen verbringen würden, sondern auch das restliche Leben. Hochzeit, Kinder, Enkel. »Ein Mädchen wie dich finde ich nie wieder«, hatte er neulich zu Maggie gesagt. Sie stöhnte leise.

Aber sie konnte sich jetzt nicht von ihm trennen. Denn dann hätten alle an der Schule gedacht, dass Maggie wirklich an Louis interessiert war. Louis selbst vermutlich auch. Und das durfte nicht passieren.

Es war wirklich absurd: Jedes Mädchen träumte von einem Typ wie Philipp. Hingebungsvoll, treu, witzig, einfühlsam. Der perfekte Partner. Und Maggie? Träumte von Louis.

Der wiederum von Cosima träumte. Im Moment war er vielleicht ein bisschen abgelenkt, aber wenn sie sich an Weihnachten in New York wiedersähen, würden sie sich aufs Neue ineinander verlieben.

Mist, alles Mist. Maggie speicherte die Mail in ihrem Entwurfsordner und schaltete den Computer aus. Sie griff nach dem Buch, das sie gerade las, und ließ sich damit aufs Bett fallen, aber nach den ersten Zeilen klappte sie es wieder zu. Ein Liebesroman. Das ging jetzt gar nicht.

Ihr Handy dudelte los. Philipp, das erkannte sie am Klingelton. Einen Moment war sie versucht, den Anruf einfach zu ignorieren, aber dann ging sie doch dran.

»Hi, Maggie!« Philipps Stimme klang, als hielte er den Kopf unter Wasser.

»Alles klar bei dir?«

»Nee. Ich bin total krank.«

»Echt? Was hast du denn?«

»Fieber. Schnupfen. Ohrenschmerzen, das ganze Programm.«

»Das kam ja plötzlich. Gestern Abend ging's dir doch noch gut.«

»Ja, aber die Nacht war dann voll der Horror. Ich muss für heute Abend leider absagen.«

Heute Abend? Ach ja, die Stufenparty in der Schule. Philipp und Maggie hatten gemeinsam hingehen wollen.

»Schöner Mist, oder?«, meinte Philipp. »Ich hab mich so darauf gefreut. Jetzt musst du allein hingehen.«

»Wie doof. Weiß noch gar nicht, ob ich das mache.« Eva-Marie würde auf der Party sein und Louis die ganze Zeit umkreisen wie eine Hyäne ein angeschossenes Zebra. Und immer wenn Maggie sich ihm auf mehr als zehn Meter näherte, würde sie versuchen sie zu vergraulen.

»Das ist lieb von dir.« Philipp nieste, danach hustete er mehrmals. »Willst du hierherkommen? Wir könnten ein bisschen fernsehen oder so.«

Fernsehen mit dem fiebernden, niesenden, keuchenden Philipp. Eine verlockende Vorstellung.

»Oh, ich glaub, das ist keine so gute Idee, Philipp. In eineinhalb Wochen haben wir Premiere. Wenn ich mich jetzt bei dir anstecke …«

»Ach so. Ja, natürlich, dein Stück. Ist natürlich wichtiger.« Philipp begann wieder zu husten, es klang wie ein Vorwurf. »Na, dann eben nicht.«

Maggie legte auf und spürte eine große Erleichterung, wie immer, wenn sie Philipp mal wieder für eine Weile los war. Das geht so nicht mehr weiter, dachte sie. Aber auch diese Erkenntnis war nicht gerade neu. Sosehr Philipp sie auch nervte, sie musste ihn noch eine Weile ertragen. Am besten so lange, bis Cosima wieder nach Deutschland zurückkam. Solange ich mit ihm zusammen bin, fang ich nichts mit Louis an, dachte sie. Philipp ist meine Versicherung gegen jede Art Unsinn.

Sie fuhr zusammen, als ihr Handy wieder ging. *Call me maybe.* Das war Louis' Klingelton.

»Brechtermaßen hat mich gerade angerufen«, sagte er. »Wir haben am Montag noch eine Sonderprobe. Nur du und ich, Lorenzo und Paris. Wir proben die Schlussszene noch mal.«

Maggie seufzte. »Ich dachte, Montag hätten wir frei. Ich wollte eigentlich in die Stadt und mich nach einem Kostüm umschauen. Ich hab immer noch keine Ahnung, was ich anziehen soll.«

»Das kannst du dir jetzt sparen«, meinte Louis. »Ich hab Brechtermaßen gerade auch noch mal auf die Klamotten angesprochen. Er ist doch mit einem Typ vom Theater befreundet. Und er sagt, dass wir die Kostüme aus dem Fundus ausleihen können. Super, oder?«

»Puh. Eine Sorge weniger.«

»In New York haben sie gar keine Kostüme. Cosima hat geschrieben, dass sie bei der Aufführung ganz normale Klamotten tragen. Es gibt auch kein richtiges Bühnenbild.«

»Echt? Und ich dachte, alle sind da so superprofessionell. Was Cosima über die Proben schreibt, klingt total abgedreht …«

»Vielleicht ist es ja grade professionell, auf die ganze Ausstattung zu verzichten. Du weißt doch: Weniger ist mehr.«

»Sag das mal Brechtermaßen. Vielleicht erlässt er uns dann die Probe am Montag.«

Louis lachte. »Was ist mit heute Abend?«, fragte er dann. »Du kommst doch auch?«

»Wahrscheinlich nicht. Philipp ist krank …«

»… und du musst ihn pflegen? Kommt überhaupt nicht infrage. Wenn du dich jetzt bei ihm ansteckst, hab ich Eva-Marie wieder am Hals.«

»Oh Gott. Nee, ich wollte nicht zu ihm.«

»Na, dann kannst du doch zur Party kommen. Was nützt es Philipp, wenn du zu Hause sitzt und dich langweilst?«

Das sah Philipp sicherlich anders.

»Ich hol dich um halb acht ab«, erklärte Louis.

»Nee«, sagte Maggie. »Echt, Louis. Ich glaub, es ist besser …« *Tuuut!* Ihr Protest kam zu spät. Louis hatte schon aufgelegt.

Fortsetzung (2 Stunden später)

Hab gerade erfahren, dass wir am Montag noch eine Sonderprobe haben. Oh Mann, so langsam frage ich mich,

warum wir nicht gleich im Theaterraum einziehen. Eigentlich lohnt es sich überhaupt nicht, zwischen den Proben nach Hause zu gehen. Ich führe einen Freudentanz auf, wenn das Ganze endlich über die Bühne ist. :(((
Und du denkst sogar darüber nach, dich an einer Schauspielschule zu bewerben. Ohne mich, das kann ich dir gleich sagen. Aber vielleicht hat Louis ja Lust, er spielt wirklich toll!
Als ich deine Mail gelesen habe, musste ich an einen Aufsatz denken, den wir in der Grundschule schreiben mussten. Erinnerst du dich noch daran? Es war in der zweiten oder dritten Klasse. Das Thema hieß *Wenn ich erwachsen bin* oder so ähnlich. Wir sollten unser zukünftiges Leben beschreiben.
Ich weiß nicht mehr genau, was ich geschrieben habe. Irgendwas Langweiliges von einem Mann und zwei Kindern und einer Schildkröte und so. Aber deinen Aufsatz hab ich nicht vergessen. Du hast nämlich damals schon beschlossen, dass du einmal als Schauspielerin in einer Villa in New York leben würdest. Und als Frau Zieger dich gefragt hat, ob du überhaupt wüsstest, wo New York ist, hat du gesagt: Keine Ahnung, aber das krieg ich noch raus. :D Ich hab eine Eins für meinen Aufsatz bekommen, weil er so realistisch war, und du nur eine Zwei oder Drei, dabei hättest du die Eins verdient. Es stimmte ja alles. :)
Vielleicht solltest du Frau Zieger mal schreiben und dich beschweren.

So, ich muss mich fertig machen. Wir haben heute Abend Stufenparty. Was soll ich bloß anziehen?

xxxx
Mag

Louis holte sie mit dem Roller ab. Der Weg zur Schule dauerte eine knappe Viertelstunde. Wenn sie noch eine Minute länger unterwegs gewesen wären, wäre Maggie steif gefroren hinter ihm vom Sitz gekippt. Sie war viel zu dünn angezogen.

Das grüne Samtkleid sah zwar super aus zu ihren roten Haaren und den grünen Augen, aber es war eigentlich ein Sommerkleid. Und der dünne Blazer, den sie darübergezogen hatte, schützte sie auch nicht wirklich vor der eisigen Novemberluft. »Du zitterst ja«, meinte Louis betroffen, als sie vom Parkplatz zur Schule gingen. »Na super, du holst dir bestimmt eine Lungenentzündung! Da hättest du dich genauso gut zu Philipp ins Bett legen können.«

»M...m...mir ist eigentlich gar nicht so k...k...kalt«, behauptete Maggie, aber dabei klapperten ihre Zähne so laut, dass sie lachen musste.

Louis schüttelte den Kopf. »Deine Klamotten sind viel zu dünn. Dass mir das vorhin nicht aufgefallen ist. Hier.« Er riss seine Lederjacke vom Leib und warf sie Maggie um die Schultern. Und dann legte er seinen Arm um sie und zog sie an sich. Und von einer Sekunde zur anderen war Maggie nicht mehr kalt. Sondern heiß, superheiß.

»D…d…das ist doch nicht nötig.« Das Zähneklappern wurde allerdings nicht besser. Im Gegenteil, jetzt zitterte sie am ganzen Körper. »Und außerdem: Wenn du dich erkältest, nützt es auch nichts, wenn ich gesund bleibe.«

»Ich erkälte mich nicht, keine Sorge.« Er ließ seinen Arm unter die Lederjacke gleiten, sie spürte seine Hand auf ihrem Oberarm. Am liebsten hätte sie die Augen geschlossen und ihren Kopf an seine Brust gelegt und wäre die ganze Nacht so stehen geblieben. Aber das durfte nicht sein, sie musste hart bleiben.

»Komm schnell ins Warme«, sagte sie.

In der Aula hing eine große Discokugel. Bässe wummerten aus riesigen Boxen und auf der Tanzfläche wogte ein Meer aus zuckenden Körpern. Hier und da reckten sich Arme zur Decke wie von Ertrinkenden. »Willst du eine Cola?«, fragte Louis.

»Erst mal nicht.« Da drüben standen Lidan und Sophie und winkten. Und auf der anderen Seite des Raums löste sich Eva-Marie aus einer Gruppe und steuerte zielstrebig auf sie zu. Louis hatte sie auch gesehen. »Oh nee, nur das nicht«, murmelte er.

Dann war er weg. Und blieb weg. Wahrscheinlich hatte er ein paar Freunde getroffen oder Eva-Marie hatte ihn doch irgendwo erwischt und festgenagelt, sie war nämlich ebenfalls nicht mehr zu sehen.

Maggie redete ein bisschen mit Lidan und den anderen und tanzte und lachte und tat so, als ob sie sich prächtig amüsierte. Und hielt immer wieder Ausschau nach Louis, aber er blieb verschwunden.

Weil es eine Schulfete war, gab es keinen Alkohol. Sonst hätte sie sich ganz bestimmt hemmungslos betrunken. So trank sie nur drei Cola und als Mara um elf Uhr von ihrem Vater abgeholt wurde, ergriff sie die günstige Gelegenheit und fragte, ob sie mitfahren könnte. »Klar, kein Problem«, meinte Mara. »Aber wir müssen punkt elf unten am Parkplatz sein. Mein Vater kriegt die Krise, wenn man ihn warten lässt.«

Sie wollte Louis Bescheid sagen, aber sie fand ihn erst ein paar Minuten vor elf, er stand mit seinen Freunden aus der Footballmannschaft zusammen. Als Maggie zu ihnen trat, röhrten sie gerade vor Lachen. Superstimmung.

»Was, du gehst schon?«, fragte Louis überrascht. »Aber wir haben noch gar nicht miteinander getanzt.«

»Zu spät«, meinte sie. Es klang spitzer, als sie es beabsichtigt hatte. »Wir sehen uns ja am Montag auf der Probe.«

»Warte mal«, sagte Louis. »Ich wollte dir noch was geben.«

Sie spürte die neugierigen Blicke seiner Freunde in ihrem Rücken, als er sie zur Garderobe zog und seine Lederjacke unter einem Berg von Mänteln hervorwühlte. »Ich muss los«, sagte sie nervös. »Maras Vater …«

»Hier ist es«, sagte er. Und reichte ihr ein kleines Päckchen.

»Was ist das?«

»Nichts Besonderes. Mach's zu Hause auf.«

»Danke.«

Er sagte nichts, er sah sie nur an und ihr wurde wieder heiß und kalt, als hätte sie Fieber. Und dann legte er seine Hände auf ihre Schultern und beugte sich zu ihr hinunter. Und sie reckte ihm ihr Gesicht entgegen. Cosima, dachte sie. Ich darf das nicht. Aber ihr Körper dachte gar nichts, er machte einfach.

»Da steckst du! Oh Mann, ich hab dich überall gesucht!« Mara stand plötzlich neben ihnen. »Hör mal, wenn du mitfahren willst, dann aber schnell. Ich hab dir doch gesagt, dass mein Vater …«

»Ja, ich weiß. Ich bin schon fertig.« Maggie hauchte Louis einen Kuss auf die Wange, dann rannte sie mit Mara zum Ausgang.

Draußen schlug ihr die kalte Nachtluft ins Gesicht wie eine Ohrfeige.

Sie war gerade noch mal davongekommen.

Während der Heimfahrt hielt sie das Päckchen fest in der Hand, in ihrer Jackentasche versteckt, sodass Mara es nicht merkte. Zu Hause zog sie sich aus und putzte sich die Zähne, ohne es loszulassen.

Dann legte sie es auf ihr Kopfkissen und betrachtete es lange. Einen Moment überlegte sie, ob sie es erst am nächsten Morgen öffnen sollte, weil die Neugierde und die Ungewissheit so wunderschön waren. Aber dann schüttelte sie den Kopf über sich selbst. Wahrscheinlich ist es irgendein Gag, dachte sie.

Sie hob den Deckel des Kästchens und fand einen Stein.

Einen glatten, glänzend schwarzen Kieselstein.

Darunter lag ein Zettel.

»Liebe Maggie, der Stein ist von meinem Vater. Er hat ihn mir kurz vor seinem Tod gegeben. Es ist ein Zauberstein, der einem die Angst nimmt. Ich schenk ihn dir. Lass ihn während der Aufführung in deiner Tasche. Louis.«

17

Ich kann das, dachte Cosima. Wir haben alles geprobt, ich hab es wirklich drauf, nichts kann mehr schiefgehen.

Aber die Beschwörungen nützten nichts. Wenn sie daran dachte, dass sie am Abend im Scheinwerferlicht auf der Bühne stehen würde, begann sie zu schwitzen. Alles halb so wild, versuchte sie sich einzureden. Ich bin hier in New York, keiner kennt mich. Wenn es schiefgeht, kriegt es doch keiner mit. Aber dieser Gedanke beruhigte sie kein bisschen. Es stimmte ja auch nicht. Wenn sie versagte, würde Caspar es mitbekommen und der Rest der Gruppe und Rosie und Sandra und ein paar andere Mädchen aus der Klasse, die Cosima fest versprochen hatten, zur Premiere zu kommen.

Und überhaupt. Ein Auftritt beim Youth Theater Festival in New York. Das war eine Chance, wie sie sich ihr niemals wieder bieten würde.

»Ich kann das«, murmelte Cosima.

»*What did you say?*«, fragte Rosie, die am Küchentisch saß und Ingwertee mit Honig trank.

»*Nothing.*«

»*You're nervous.*« Das war eine Feststellung, keine Frage. »*Come here.*« Rosie streckte ihre Hand aus und winkte Cosima zu sich. Zögernd trat sie vor sie hin. Der Rosie-Geruch war so vertraut und doch immer wieder anders. Diesmal war es eine Mischung aus Patschuli, Ingwer, Honig und Schweiß.

»*Close your eyes*«, befahl Rosie.

»Ich hab keine Zeit mehr«, sagte Cosima. In einer Dreiviertelstunde wollten sie sich alle im Theater treffen, um noch ein paar letzte Dinge zu besprechen. Caspar war längst losgegangen, sie hatte ihn nur kurz beim Frühstück gesehen. Eine Dreiviertelstunde. Dann war es so weit, dann ging es los!

»*Close. Your. Eyes*«, wiederholte Rosie ruhig. Hier war Widerstand zwecklos. Cosima seufzte und schloss gefügig die Augen.

Rosie griff nach ihren Händen, ihre Finger legten sich um ihre Handgelenke. Die Daumen pressten gegen Cosimas Handballen. »Atme«, sagte sie leise. »*In and out.*«

Cosima holte tief Luft. »Nicht so viel«, sagte Rosie. »*Take it easy.*«

Sie stand eine ganze Weile so da und atmete ein und aus, während Rosie ihre Handgelenke festhielt. Und fühlte, wie Rosies Ruhe und Kraft mit jedem Atemzug in ihren eigenen Körper floss. Als sie die Augen wieder aufschlug, war die Aufregung weg.

»*Now you're fine*«, sagte Rosie und lächelte. »*Good luck, my dear.*«

Weil die Sonne schien, gingen sie zu Fuß zum Theater. »Das wird dir guttun«, sagte Rosie und auch damit hatte sie Recht. Nach dem kleinen Spaziergang fühlte sich Cosima so entspannt und ruhig, als hätte sie zwei Stunden am Strand gelegen.

»*Look, there's Nell*«, sagte Rosie.

Nell war bereits umgezogen, sie trug ein enges rotes Kleid mit einem Schlitz an der Seite und hochhackige Pumps. Es war das erste Mal, dass Cosima sie nicht in Jeans und einer Kapuzenjacke sah.

»Du siehst super aus«, sagte Cosima.

»Und du erst«, gab Nell zurück.

Cosima zuckte mit den Schultern. Caspar hatte ein schlichtes weißes Kleid mit einem schwingenden Rock für sie ausgesucht. Cosima fand, dass sie mit ihren blonden Haaren blass und krank darin aussah. Aber Nells Bewunderung schien ehrlich zu sein, Cosima fühlte sich sofort besser. Allerdings nur ganz kurz.

»Hast du schon gehört?«, fuhr Nell fort. *»We're sold out!«*

Wir sind ausverkauft.

Cosima schnappte nach Luft. Von einer Sekunde auf die andere waren die Nervosität und das Lampenfieber wieder zurück. *»Oh my God«,* flüsterte sie.

»*Good news*«, dröhnte Rosie. Sie nahm Cosima bei den Schultern und spuckte ihr dreimal über die Schulter. »Du machst das. Es wird toll!« Dann umarmte sie sie so fest, dass es fast wehtat.

»Caspar wartet hinter der Bühne«, meinte Nell. »Kommst du?«

»Ich geh dann schon mal rein«, erklärte Rosie. »Ich such mir einen guten Platz. Will schließlich auch was sehen von eurem Auftritt.«

Caspars letzte Anweisungen rauschten an Cosima vorbei, sie nahm sie gar nicht richtig zur Kenntnis. Aber er kannte sie inzwischen gut genug, um zu wissen, dass sie jetzt nicht mehr aufnahmefähig war.

Sie waren sich in den letzten Wochen sehr nahe gekommen. Beängstigend nahe, wenn man bedachte, dass Cosima mit Louis zusammen war. Cosimas *boyfriend* in Deutschland – das war das einzige Thema, das sie beide gewissenhaft vermieden. Ansonsten redeten sie über alles. Über ihre besten Freunde, ihre Träume, ihre Ängste. Wie es war, mit verrückten Künstlereltern in einer Großstadt wie New York aufzuwachsen und wie behütet Cosimas Leben in Düsseldorf dagegen aussah.

Sie sprachen über ihre Pläne. »Wenn ich von acht bis fünf in einer Bank arbeiten müsste oder in einer Kanzlei, würd ich verrückt werden«, erklärte Caspar schaudernd.

»*Don't worry.* Die würden dich sowieso nicht nehmen.« Bei der Vorstellung von Caspar hinter einem Bankschalter musste Cosima kichern.

»Dich aber auch nicht«, sagte Caspar.

»Ich will ja auch nicht ins Büro. Aber ob ich für die Bühne gut genug bin …«

»Natürlich bist du das.« Caspar war felsenfest davon überzeugt, dass sie eine große Zukunft als Schauspielerin hatte. Er nahm sie mit in die Academy, an der er im nächsten Jahr studieren wollte. Ein Bekannter von ihm führte sie dort herum. »Das ist so unglaublich … wow!«, meinte Cosima am Abend. »Ich kann mir nicht vorstellen, dass die Schauspielschulen in Deutschland auch nur halb so gut sind. Aber die Aufnahmeprüfung ist bestimmt unglaublich hart.«

»Es ist nicht leicht«, gab Caspar zu. »Aber wenn du es willst, kannst du es schaffen.«

Cosima fragte bei der Vermittlungsagentur nach, ob es eine Möglichkeit gab, ihren Auslandsaufenthalt in New York zu verlängern. »Nur ganz unverbindlich, ich habe mich noch nicht entschlossen«, schrieb sie der zuständigen Sachbearbeiterin, aber die schickte ihrem Vater sofort einen Antrag auf Verlängerung mit entsprechenden Anweisungen. Er rief Cosima vollkommen irritiert an. »Was ist denn jetzt los? Zuerst wolltest du sofort wieder nach Hause und nun möchtest du länger bleiben? Ist das dein Ernst?«

»Ja«, sagte Cosima. Und stellte im selben Moment fest, dass sie sich absolut sicher war. Sie wollte in New York bleiben. Um jeden Preis der Welt.

»Wir können um ein halbes Jahr verlängern. Aber ich müsste das Ganze blitzschnell in die Wege leiten«, sagte ihr Vater. »Die erste Frage ist natürlich, ob du weiter bei Rosie wohnen kannst.«

»*Yes, of course*«, erklärte Rosie, als Cosima sie fragte. »Solange du willst!« Und drückte sie sofort an ihren dicken Busen.

Ihr Vater war einverstanden, Rosie war begeistert, Caspar war glücklich.

Louis wäre dagegen am Boden zerstört, wenn er erfahren würde, dass Cosima nicht wie geplant im Februar zurückkommen würde. Ich muss mit ihm reden, dachte Cosima.

Aber noch war es ja gar nicht sicher, ob es mit der Verlängerung klappte. Vielleicht wurde ihr Visum nicht erneuert oder die Schule stellte sich quer. Es gab tausend Hindernisse. Und keinen Grund, Louis früher als nötig zu belasten.

»*Are you there, Coco?*«, fragte Caspar jetzt.

Sie fuhr erschrocken zusammen. »Sorry. Ich hab gerade nicht zugehört.«

»Ist schon okay. Du machst das. *Good luck.*«

Dann kamen zwei Visagisten, die sie schminkten und ihre Gesichter puderten, damit sie im Scheinwerferlicht nicht glänzten. Und danach war es so weit.

»*Don't worry*«, sagte Caspar. »Wir sind super vorbereitet. Es wird alles toll. Ich möchte vor allem, dass ihr Spaß habt. *Enjoy yourself.*«

»*You too*«, sagte Ashley mit schwachem Lächeln.

Cosima stand direkt neben Caspar, sie spürte seine Anspannung, die Aufregung und die Vorfreude, die sein Körper ausstrahlte. Sie hätte ihn gerne umarmt.

09:30 MESZ
SMS von Maggie an Cosima

ob du das noch liest vor der aufführung? heute ist dein großer tag, wir denken an dich! *good luck to you!* Mag & L

Ihre Sehnsucht, ihr Verlangen, ihre Liebe nahm Cosima mit auf die Bühne. Sie seufzte, stöhnte und weinte, sie lachte und schmachtete, als stünde ihr nicht Trevor als Romeo gegenüber, sondern Caspar.

Sie waren alle gut, aber Cosima war besser als je zuvor. Sie beachtete das Publikum gar nicht, das hinter einer gleißenden Wand aus Licht im Dunkel des Zuschauerraums saß. Sie spielte Julia nicht, sie war Julia. Und sie genoss jede Minute auf der Bühne.

Nach dem letzten Vorhang gingen im Theater die Lichter an. Und dann brach ein unglaublicher Jubel los. Als Cosima und Trevor auf die Bühne kamen, um sich zu verbeugen, erhoben sich alle, bis in der letzten Reihe standen die Zuschauer und klatschten und pfiffen und trampelten mit den Füßen. Sie wurden wieder und wieder auf die Bühne geholt, beim vierten Mal trat auch Caspar mit ihnen vors Publikum und verbeugte sich.

»*Caspar is in love with you*«, raunte Trevor Cosima zu, als sie wieder abgingen. »*You know that, don't you?*«

Sie sah ihn irritiert an und suchte nach Worten, aber im selben Moment packte Kaitlyn ihre Hand und zog sie wieder hinaus auf die Bühne.

Cosima blickte in die jubelnden, begeisterten Gesichter vor ihr und fühlte sich schwindlig und federleicht. Wenn sie Kaitlyns Hand losgelassen hätte, wäre sie abgehoben. Und geflogen.

Caspar is in love with you, you know that?

Natürlich wusste sie es. Und sie liebte ihn auch.

Die Premierenfeier fand in einer Bar in Soho statt. Caspar hatte das Lokal für den Abend gemietet, der Raum war allerdings nicht sehr groß und platzte aus allen Nähten.

»*They loved it*«, hatte Caspar der Gruppe nach der Aufführung eröffnet. »Die Leute sind restlos begeistert. Ich hab schon mit ein paar Kritikern gesprochen, die uns sehr gelobt haben. Und meine Prüfer sind auch ziemlich angetan.«

Jetzt stand er an der Bar, eine Bierflasche in der Hand und gab ein Interview nach dem anderen. Cosima hätte gerne gehört, was er den Journalisten und Reportern erzählte, aber sie kam nicht dazu, weil sie und Trevor ebenfalls umlagert wurden.

»Ist das wirklich deine erste große Rolle?«, fragte soeben eine Reporterin, die aussah wie ein Supermodel. »Du hast noch nie zuvor auf einer Bühne gestanden?«

»*Not really*«, sagte Cosima. Sie wollte hinzufügen, dass sie mehr oder weniger zufällig in die Gruppe hineingeraten war. Aber dann dachte sie plötzlich, das könnte zu unprofessionell wirken. Sie kam auch gar nicht mehr zu Wort. Die Model-Reporterin wurde von zwei bulligen Männern mit einer Videokamera zur Seite geschoben.

»Zwei kurze Statements, bitte!«, forderte der eine von ihnen, während der andere den Namen des Senders brüllte, für den sie arbeiteten. Aber im allgemeinen Tohuwabohu verstand Cosima kein Wort. In der nächsten Stunde buchstabierte sie wieder und wieder ihren Namen und das Wort »Düsseldorf« und beteuerte, dass sie wirklich und wahrhaftig erst sechzehn war. Und keine Schauspielerfahrung hatte.

Sie war durstig und hungrig, aber die Reporter ließen ihr keine Zeit zum Essen und Trinken. Rosie eilte zu ihrer Rettung herbei und drückte ihre eine Flasche Cola und ein Käsesandwich in die Hand. »*Last question*«, herrschte sie einen Reporter an, der Cosima allerdings erst seit einer halben Minute befragte.

»Wie sieht dein nächstes Projekt aus?«, fragte der Typ, woraufhin Cosima hilflos mit den Schultern zuckte.

»*I really don't know.*«

»Das war's«, erklärte Rosie mit dröhnender Stimme. »*Thank you and good-bye.*«

Der Reporter nickte verschreckt, dann packte er sein Aufnahmegerät ein und verzog sich. Glücklicherweise hatten auch die anderen Journalisten genug, die Bar war inzwischen merklich leerer geworden.

»*Thank God*«, stöhnte Cosima.

»Das Leben eines Stars ist hart«, sagte Rosie mitleidig.

»Ich bin doch kein Star«, widersprach Cosima erschrocken.

»Noch nicht. Aber bald«, erklärte Rosie. »*Just wait and see.*«

»*Excuse me*«, sagte jemand hinter Cosima. »*Do you have a moment?*«

Sie unterdrückte ein Seufzen, während sie sich umdrehte. Bitte nicht noch ein Interview.

Aber dann riss sie vor Überraschung die Augen auf.

»*Congratulations*«, sagte Lara McAllister. »*You were really really great.*«

»Well … I … you …« Cosima war sprachlos. »Warst du etwa im Theater?«

»Wir waren alle da«, sagte Lara. »Ally, Paloma, Joy. Wir stehen da drüben. Aber bisher warst du ja für Normalsterbliche nicht zu sprechen.«

»Wow!«, sagte Cosima. »Warum seid ihr gekommen?«

»Na, hör mal, das Theaterfestival wird doch überall beworben. Als wir mitbekommen haben, dass du auftrittst, waren wir natürlich total fasziniert. Außerdem dachte ich, dass die Aufführung eine gute Chance ist, um dich besser kennenzulernen. Ein neuer Anfang, sozusagen.«

Ein neuer Anfang? Wovon redete Lara? Ihre Zeit auf der St. Barbara High war fast abgelaufen. Und wenn Lara erst einmal auf einer anderen Schule wäre, würden sie und Cosima sich bestimmt nicht wieder begegnen.

»Oh, by the way.« Lara lächelte und wirkte dabei gleichzeitig verschämt und herablassend. Das schaffte wirklich nur sie, beides in ein einziges Lächeln zu packen. »Ich bleib jetzt doch auf der Schule.«

»Was? Aber ich dachte, dein Vater …?«

»Ist er auch. Aber mein Granddad springt ein und zahlt die Schulgebühren.«

Natürlich, dachte Cosima. Im Leben einer Lara McAllister gab es immer einen Granddad oder einen Onkel oder einen reichen Freund, der im Notfall zur Stelle war.

»Ist doch super«, sagte sie ein bisschen lahm.

Lara lachte. »Ich weiß, was du denkst. Aber keine Angst. Ich werd mich bessern. Ich bin jetzt nicht mehr so fies zu dir.

Nie mehr. Versprochen.« Dann senkte sie den Blick. »Die letzten Wochen waren der totale Horror für mich«, erklärte sie leise. »Ich hab gemerkt, dass bei meinem Dad alles zusammengebrochen ist und ich hatte Angst, dass wir total abstürzen. Und ich hab dich so beneidet, weil du so … sorglos warst.«

»Du hast mich beneidet?« Cosima schüttelte fassungslos den Kopf. »Oh Mann. Das ist echt absurd. Ich wär fast wieder zurück nach Deutschland geflogen, weil ich mich in der Schule so unwohl gefühlt habe. Es war die Hölle für mich! Wenn ich die Gruppe hier nicht entdeckt hätte, wär ich verrückt geworden.«

Jetzt wirkte Lara wirklich betroffen. »*O my God*«, flüsterte sie bestürzt. »*I'm so sorry, Cosima.*« Dann streckte sie ihre Hand aus. »*Let's be friends, okay?*«

Cosima zögerte einem Moment. Sie war sich ziemlich sicher, dass Lara nicht aus Reue und Zerknirschung zu ihrer Aufführung gekommen war, sondern aus bloßer Neugier. Wenn Cosima auf der Bühne gescheitert wäre, wären Lara und ihre Freundinnen kommentarlos verschwunden und hätten sich über sie totgelacht. Erst nachdem sie gesehen hatten, wie erfolgreich Cosima war, hatte Lara beschlossen, sich mit ihr zu versöhnen.

Sei's drum, dachte Cosima. Ist doch ganz egal. Der Abend war viel zu herrlich, um sich über Lara McAllister zu ärgern.

»Okay«, sagte sie und ergriff Laras Hand.

»*O, I'm so glad!*« Lara fiel ihr um den Hals und küsste sie links und rechts und wieder links auf die Wange. Und ihre

Freundinnen juchzten und klatschten Beifall. Noch mehr Applaus.

Was für eine Nacht!

Aber dann war die Feier zu Ende.

»Soll ich uns ein Taxi rufen?«, fragte Caspar.

»Ich würd lieber zu Fuß gehen«, sagte Cosima. »Wenn es dir nichts ausmacht.«

»Im Gegenteil.«

Es war inzwischen zwei Uhr morgens, aber Manhattan kam niemals zur Ruhe. Die Weihnachtsbeleuchtung strahlte und blinkte gelb, weiß, rot und bläulich über den Straßen. Darunter brauste der Verkehr. Ein Moped knatterte an ihnen vorbei, auf dem drei wunderschöne Latino-Mädchen saßen.

»*It's like a dream*«, sagte Cosima versonnen.

»*What? This night?*«, fragte Caspar.

»Diese Nacht. Und mein Leben überhaupt.« Du, dachte Cosima. Du bist wie ein Traum.

Zwei Besoffene torkelten aus einer Bar auf den Bürgersteig. »*L...l...let me t...tell you a joke, man*«, lallte der eine, worauf der andere in hysterisches Gelächter ausbrach, dabei hatte er den Witz noch gar nicht gehört.

»*This city is so great and crazy*«, sagte Cosima.

»Irgendwann will ich auf dem Land wohnen«, sagte Caspar nachdenklich. »In einer einsamen Gegend, in der es nachts dunkel und still ist und kein einziges Auto unterwegs ist. Nur Kaninchen und Rehe.«

»Die Eltern meiner Freundin Maja haben das gemacht. Sie sind an die Ostsee gezogen, in die totale Einöde. Dreißig Kilometer mit dem Bus zur Schule. Maja ist nach einem halben Jahr zu ihrer Oma in die Stadt geflohen, obwohl die ein entsetzlicher Drachen ist. Was die von diesem Dorf erzählt hat … Also, mein Ding wär das Landleben auch nicht, glaub ich.«

»Na ja, ich mein ja auch nicht heute oder morgen«, sagte Caspar. »Wenn ich alt und grau bin. Dann zieh ich in ein einsames Haus im Wald. Oder am Meer.«

»Du wirst dich wundern«, sagte Cosima. »Und ich werd mich auch wundern, wenn ich wieder in Düsseldorf bin. Ich werd New York wie verrückt vermissen.«

Caspar blieb stehen. »Aber du bleibst doch erst mal?«, fragte er besorgt.

»Ich hoffe, es klappt«, sagte Cosima. Sie dachte für einen winzigen Moment an Louis, dann verdrängte sie ihr schlechtes Gewissen wieder. Nicht jetzt, dachte sie, nicht in dieser einzigartigen Nacht.

»*Good*«, sagte Caspar.

Sie wartete darauf, dass er weiterging, aber er ging nicht weiter. Er stand einfach so da und sah sie an und auf der Straße brauste der Verkehrsstrom dahin und die Weihnachtslichter glänzten darüber wie Sterne. Sie trat einen winzigen Schritt auf ihn zu. Da breitete er seine Arme aus.

Und dann war der reißende Fluss plötzlich auch in ihr und in ihm und riss sie mit sich. »*Coco*«, flüsterte Caspar. Und dann küsste er sie.

18

07:56 p. m. EST
SMS von Cosima an Maggie

daumendrücken war erfolgreich. es ist super gelaufen. megasuper! ultramegasuper!!! jetzt seid ihr dran! viel glück ;)))

Der Stein hatte alles verändert. Er hatte Maggie die Angst genommen. Er hatte sie stark gemacht. Und ganz ruhig.

Obwohl es eigentlich keinen Anlass zur Ruhe gab. In der Theater-AG ging nämlich alles drunter und drüber. Die Kostüme passten nicht, am Tag vor der Premiere fehlte ein Großteil der Requisiten und die Beleuchtung funktionierte ebenfalls nicht richtig. Benjamin Hübbers, der den Ansager spielte, konnte auch bei der Generalprobe seinen Text noch nicht richtig. Herr Brechtermaßen rastete aus, als er wieder einmal bei seinem Prolog hängen blieb. »Wann hast du eigentlich vor, die verdammte Rolle zu lernen?«, brüllte er außer sich vor Wut. »Wenn die Aufführung vorbei ist?«

Fünf Minuten später brach das Bühnenbild zusammen. Als Louis eine der Türen aufzog, um schwungvoll abzugehen, fiel ihm die halbe Hausfassade entgegen.

»Was soll das denn?« Brechtermaßens Stimme überschlug

sich. »Mein Gott, weiß hier eigentlich irgendjemand, was er tut?«

Ein paar Schüler aus der Bühnenbild-AG stürmten auf die Bühne und versuchten die demolierte Kulisse wieder zusammenzuhämmern. Herr Rothenberger, der im Zuschauerraum saß, hob begütigend die Hände. »Ist doch gut, wenn es jetzt passiert und nicht bei der Premiere«, erklärte er großzügig. Aber dann verdrückte er sich hastig, weil Herr Brechtermaßens Gesicht sich auf eigenartige Weise zusammenzog und verfärbte. Er sah aus wie ein Werwolf kurz vor der Verwandlung.

Die Tür, die aus dem Rahmen gefallen war, war Philipps Tür gewesen, aber das fiel nur Maggie auf. Vor vier Tagen hatte sie nämlich ein für alle Mal Schluss mit ihm gemacht. »Ruf mich nicht mehr an«, sagte sie. »Schick mir keine Mail, komm mich nicht besuchen. Es ist aus.«

»Warum das denn?«, fragte Philipp entsetzt. »Es war doch alles so gut zwischen uns.«

»Es war gut«, nickte Maggie. »Aber jetzt ist es vorbei.«

»Es ist wegen Louis«, meinte Philipp finster.

»Nein«, sagte Maggie. »Es ist wegen mir.«

Danach war sie schnurstracks zu Eva-Marie marschiert. »Nur dass du es weißt: Ich hab mich gerade eben von Philipp getrennt.«

Eva-Maries Augen zogen sich zusammen. »Hab ich's doch gewusst«, flüsterte sie. »Du und Louis …«

»Nein«, fiel Maggie ihr ins Wort. »Ich hab nichts mit Louis und da wird auch nie was sein. Aber wenn du willst, kannst du Cosima ruhig weiter Lügengeschichten über uns schreiben. Ist mir egal. Und ihr ist es auch egal. Sie glaubt dir nämlich nicht.«

Eva-Marie öffnete den Mund und klappte ihn wieder zu. Und dann machte sie ihn wieder auf und sagte: »Mir machst du nichts vor. Ich weiß hundertpro, dass du in Louis verknallt bist.«

Aber da hatte Maggie sich schon umgedreht und war weg.

Sie ging zu Louis, mit dem sie seit der Schulparty nicht mehr gesprochen hatte.

Er saß mit seinen Footballfreunden in der Cafeteria und sprang sofort erwartungsvoll auf, als er Maggie kommen sah.

»Danke für den Stein«, sagte sie, als sie allein waren. »Ich hab mich total darüber gefreut. Ich weiß, was das für dich bedeutet. Wirklich. Das ist … irre.«

»Aber?«, fragte Louis.

»Nichts aber. Du bist mit Cosima zusammen. Sie ist meine beste Freundin. Und ich will, dass das so bleibt.«

»Maggie …«

»Ich mag dich total gerne«, unterbrach sie ihn. »Aber mehr als Freundschaft ist nicht, okay?«

Louis schluckte. »Okay. Ich … Scheiße, du hast ja Recht. Aber …«

»Nichts aber«, sagte Maggie noch einmal. »Willst du den Stein jetzt wieder zurück?«

Louis Augen wurden groß vor Erstaunen. »So ein Blödsinn. Natürlich nicht!«

»Danke Louis«, sagte Maggie und lächelte schief.

Louis lächelte nicht zurück. Er sah aus, als ob sie ihm ins Gesicht geschlagen hätte.

Der Stein gab ihr die Kraft zu diesen Gesprächen. Davon war sie felsenfest überzeugt, auch wenn sie gleichzeitig wusste, dass es blanker Aberglaube war. Sie hatte den Glücksbringer immer bei sich. Weil das lange, hellblaue Taftkleid, das sie als Julia trug, keine Tasche hatte, hatte sie sich extra einen kleinen Beutel für den Stein genäht, den sie mit einer Sicherheitsnadel unter ihrem Rock befestigte.

Im Moment hielt sie den Stein allerdings noch fest in der Hand, während die Maskenbildnerin sie schminkte. Ein Kajalstift verwandelte Maggies Augenbrauen in fette braune Balken. »Das sieht jetzt vollkommen übertrieben aus«, erklärte die Maskenbildnerin. »Aber die Leute im Publikum sehen dich ja nur aus der Ferne. Da muss man schon ein bisschen dicker auftragen.«

»Kein Problem.« Maggie schloss ergeben die Augen. Genau wie die Kostüme kam die Maskenbildnerin vom Stadttheater, Brechtermaßens gute Kontakte zahlten sich wirklich aus. Ob Cosima vor ihrer Aufführung ebenfalls geschminkt worden war? Maggie verdrängte den Gedanken wieder. Sie wollte jetzt nicht an Cosima denken. Der Stein machte sie stark und furchtlos, aber seine Macht hatte Grenzen.

»Hoffentlich verhau ich den blöden Prolog nicht«, hörte sie Benjamin murmeln, der neben ihr wartete, bis er mit dem Schminken an der Reihe war.

»Hast du noch mal geübt?«, fragte Maggie.

»Was heißt denn hier *noch mal*«, fragte Benny zurück. »Ich hab mir den Text gestern Abend zum ersten Mal reingezogen.«

»Wird schon alles gut gehen«, sagte Maggie und spürte den Stein kühl und fest in ihrer feuchten Hand.

Der erste Moment war schrecklich. Als sie die Bühne betrat, war sie für einen kurzen, entsetzlichen Augenblick überzeugt, dass sie ohnmächtig werden würde. All die Menschen. Fünfhundertachtzig Plätze fasste die Aula und jeder einzelne war besetzt. Alle Zuschauer starrten zur Bühne und warteten darauf, dass Maggie etwas sagte.

Nicht Maggie.

Julia.

»Was ist? Wer ruft mich?«, fragte sie laut.

Ihre Stimme klang hell und kraftvoll. Ohne eine Spur von Furcht. Ihre Angst war weg.

Maggie war Julia, und Louis war Romeo, und in der nächsten Stunde drehte sich alles nur um sie, um ihre verbotene, unzerstörbare, unsterbliche Liebe.

Und dann lagen sie nebeneinander auf der Bühne, Romeo war tot und Julia küsste ihn ein letztes Mal und erstach sich ebenfalls.

Während die Wächter und die übrigen Menschen herbeiströmten, fühlte sie, wie Louis seine Hand ausstreckte und auf ihre Hand legte. Während der ganzen letzten Szene hielten sie sich fest und keiner merkte etwas davon.

Das Publikum tobte vor Begeisterung. Brechtermaßen strahlte vor Glück und umarmte hinter der Bühne jeden einzelnen Schauspieler und sogar Herrn Rothenberger. Maggie und Louis wurden immer wieder auf die Bühne geschoben und jedes Mal jubelten die Zuschauer.

In der ersten Reihe saß Eva-Marie. Sie streckte ihr Gipsbein von sich und klatschte ebenfalls, allerdings deutlich weniger begeistert als der Rest. Maggie hatte Philipp im Publikum nicht gesehen, aber als sie zum vierten Mal nach draußen trat, entdeckte sie ihn ganz hinten im Saal. Er lehnte an einer Säule und applaudierte mit grimmiger Verzweiflung. Vielleicht weinte er dabei. Armer Philipp, dachte Maggie und fühlte sich ein bisschen schäbig, weil sie so erleichtert war. Als sie das nächste Mal auf die Bühne kamen, war er weg.

Zur Feier der gelungenen Aufführung gab es Sekt, obwohl auf dem gesamten Schulgelände striktes Alkoholverbot herrschte. »Aber Vorschriften sind dazu da, dass man sie bricht«, erklärte Herr Brechtermaßen und verteilte eigenhändig die Gläser an die Schauspieler. »Prost!«

Er strahlte so hemmungslos und überglücklich, als hätte er bereits eine Flasche Sekt alleine geleert. »Prost!« Louis stieß mit Maggie an. »Du warst super. Ohne dich wär's nicht halb so gut geworden.«

»Das gilt auch für dich.«

Sie tranken, dann verzog Louis angewidert das Gesicht. »Bah, ist das eine ekelhafte Plörre. Ich weiß wirklich nicht, was die Leute an Sekt so toll finden.«

Maggie lachte. »Ich auch nicht.« Sie nahm ihm den Sekt wieder ab und stellte die beiden Gläser zur Seite.

»Lass uns hier abhauen«, sagte Louis.

»Was? Aber das geht doch nicht!«

»Warum nicht? Wir verschwinden einfach. Oder meinst du, dass wir noch mal auf die Bühne müssen?«

»Oh Gott, nee.« Der Stein, wo war eigentlich der Stein? Sie hatte das Kostüm mitsamt dem Beutel ihrer Mutter mitgegeben, als die vorhin nach Hause gegangen war. Warum hatte sie nicht daran gedacht, den Stein vorher in ihre Hosentasche zu stecken?

»Also, was ist?«

»Louis«, sagte Maggie. »Du weißt doch.«

»Was weiß ich?«

»Cosima.«

»Hey, Maggie, *cool it.* Du und ich sind gerade zusammen aufgetreten. Es war grandios. Nun würde ich gerne irgendwo ein Bier trinken. Ohne den ganzen Anhang hier.« Er machte eine Kopfbewegung in Richtung Tür, wo in diesem Moment wie auf ein Stichwort Eva-Marie auftauchte.

»Könnt ihr mir mal ein bisschen Platz machen? Ich komm sonst mit den Krücken nicht durch!«, rief sie theatralisch.

Das gab den Ausschlag. »Okay«, meinte Maggie. »Ich hol meine Sachen. In fünf Minuten vor dem Haupteingang.«

Draußen klangen das Gelächter und die Stimmen aus der Aula wie fernes Bienensummen. Ob die anderen überhaupt bemerken würden, dass Maggie und Louis nicht mehr da waren? Abgesehen von Eva-Marie natürlich.

»Puh.« Louis zog den Reißverschluss seiner Lederjacke zu. »Premierenfeiern sind nichts für mich. Sekt und Geschwätz und Wichtigtuerei – eine bescheuerte Kombination.«

»Wo wollen wir denn jetzt hin?«, fragte Maggie.

»Hm.« Er blickte in den Himmel, als wartete er auf eine göttliche Eingebung. »Ist dir kalt?«

»Nee.« Für Dezember war die Nacht erstaunlich mild.

»Wie wär's, wenn wir uns am Kiosk was zu Trinken holen und dann an den Rhein gehen?«

Keine gute Idee, dachte Maggie. Louis und sie allein am Rhein, war ja wohl klar, wie das enden würde. In einem Berg von Problemen. Ausgeschlossen, kommt nicht infrage, dachte sie. Und sagte: »Gut. Okay.«

Der Himmel war so klar und weit. Auf dem Fluss spiegelte sich das fahle Mondlicht, die Wasseroberfläche glänzte wie schwarze Seide. Irgendwo schlug eine Kirchturmglocke Mitternacht. In New York war es jetzt sechs Uhr morgens.

Nur nicht an New York denken. Maggie nahm einen Schluck Bier und kämpfte gegen die Versuchung an, ihren Kopf an Louis' Schulter zu legen. Einen Moment lang fragte sie sich, was er dachte. Aber eigentlich wollte sie es nicht wissen. Es war schön, hier zu sitzen und zu schweigen.

»Machst du denn jetzt weiter?«, fragte Louis nach einer Weile.

»Womit?«

»Mit dem Theaterspielen.«

»Weiß noch nicht. Vielleicht schon. Es hat wirklich Spaß gemacht.«

»Fand ich auch.«

»Und du?«

»Nur wenn du auch dabeibleibst.«

Sie zuckte mit den Schultern. In ein paar Wochen war Cosima wieder zurück, dann würde sie ebenfalls in die Theater-AG kommen. Und alles würde sich ändern.

»Freust du dich auf New York?«, fragte sie.

»Ich weiß noch gar nicht, ob ich da hinsoll.«

»Was? Aber du hast doch schon dein Flugticket!« Maggie sah Louis überrascht an, er erwiderte ihren Blick jedoch nicht, sondern starrte angestrengt auf den Rhein, wo gerade ein Schiff vorbeifuhr. Hinten am Heck war ein kleiner Tannenbaum befestigt, der mit bunten Lichtern geschmückt war.

»Na und? Ich kann da nicht hin.«

»Aber … du und Cosima …«

»Ich und Cosima«, sagte Louis, ohne die Augen vom Fluss zu wenden. »Das ist vorbei. Genau wie das mit dir und Philipp.«

»Das ist vorbei? Wie meinst du das? Hast du dich von Cosima getrennt?«

Er schüttelte den Kopf. »Wie denn? Am Telefon oder per SMS? Das geht doch nicht.«

Maggie nickte. Das ging wirklich nicht. Das ging alles nicht. »Warum?«, fragte sie leise. »Warum ist es vorbei?«

Da sah er sie an. »Das weißt du doch, Maggie.«

Natürlich wusste sie es.

»Ich liebe dich«, sagte Louis. »Und du liebst mich auch.«

»Ich …« begann Maggie, aber Louis legte ihr einen Finger auf den Mund.

»Nein«, sagte er. »Ich weiß, was du sagen willst, aber ich will es nicht hören.«

Dann küsste er sie. Zuerst auf ihr rechtes Ohr, dann auf ihre Augen und zum Schluss auf den Mund. Und Maggie schlang ihre Arme um seinen Hals und küsste ihn auch.

19

15:48 MESZ
SMS von Maggie an Cosima

meine Mutter hat mir einen flug nach ny geschenkt! mit hotel bei dir um die ecke. cu am 22.12., 11 h :D :O :)))))

From: Cosima
Date: 09.12 08:34:16 p. m. EST
Subject: Besuch
To: Maggie

Liebe Schildkröten-Mag,

waaas? Du kommst an Weihnachten nach NY? Deine Mutter hat dir einfach so einen Flug geschenkt und das Hotel schon gebucht? Du musst mir sofort schreiben! Wie lange kannst du bleiben und wo genau wirst du wohnen??? Fliegst du mit Louis zusammen?
Vielleicht kann Louis auch in deinem Hotel unterkommen? Ich hab ihm ja schon geschrieben, dass er nun leider doch nicht bei Rosie pennen kann, es ist einfach zu eng. :((Und ich hab es bisher immer noch nicht geschafft, mich nach einem Zimmer für ihn umzusehen. Es wär doch praktisch,

wenn ihr zusammen untergebracht seid, dann könnt ihr was gemeinsam unternehmen, falls ich mal keine Zeit habe. :)))

Hier ist in der letzten Zeit so viel passiert, dass ich es gar nicht mehr schaffe, alles aufzuschreiben. Aber nun ist es ja auch nicht mehr nötig, bald sehen wir uns, dann können wir über alles sprechen.

Ich will auch alles über eure Aufführung wissen. Hat die Technik-AG ein Video gedreht? Das musst du mir unbedingt mitbringen. Ich platze vor Neugierde :O und Caspar will natürlich auch wissen, wie ihr das Stück inszeniert habt.

Ach Maggie, ich bin froh, dass wir uns so bald wiedersehen. Ich hoffe, du erkennst mich noch wieder, ich hab mich nämlich in den paar Monaten in NY ziemlich verändert. Wenn ich heute daran zurückdenke, wie ich in Düsseldorf war, komm ich mir fast schon vor wie Lara McAllister. Genauso oberflächlich und verwöhnt und selbstsüchtig. Vielleicht war ich sogar so fies wie sie und hab es nur verdrängt? Na ja, ganz so schlimm kann es nicht gewesen sein, weil du ja sonst nicht mit mir befreundet gewesen wärst.

Du merkst schon: Es gibt unglaublich viel zu erzählen. Noch dreizehn Tage, dann bist du da. Was für ein Weihnachtsgeschenk! ;)) xx

Coco

Cosima drückte auf Senden und seufzte vor Erleichterung. Gott sei Dank. Maggie würde Louis nach New York begleiten. Wenn alles gut ging, würden die beiden sogar im selben Hotel wohnen. Das rettete die ganze Situation natürlich nicht. Aber es machte die Angelegenheit zumindest ein bisschen einfacher.

Wenn sie daran dachte, was ihr da bevorstand, drehte sich ihr fast der Magen um. Louis würde voller Vorfreude in New York ankommen. Um dann zu erfahren, dass Cosima ihn nicht mehr liebte.

Ich muss es ihm vorher sagen, dachte sie zum hundertsten Mal. Und schüttelte gleich danach auch zum hundertsten Mal den Kopf.

Sie hatte es ja versucht. Seit der Premiere hatte sie unzählige Mails und Textnachrichten an Louis entworfen. Aber keine einzige hatte sie zu Ende gebracht. In ihrer Verzweiflung hatte sie es sogar mit einem echten Brief auf Papier probiert. *Lieber Louis, du bekommst heute zum ersten Mal richtig Post von mir. Ich hab dir nämlich auch etwas wirklich Wichtiges mitzuteilen.*

Nein, das war unmöglich, so ging das nicht. Auch dieser Brief landete nicht im Briefkasten, sondern im Papierkorb.

»Ich muss es ihm persönlich sagen«, murmelte Cosima. Und vorher musste sie eine Gelegenheit finden, allein mit Maggie zu reden. Aber auch vor diesem Gespräch fürchtete sie sich.

Maggie war so unglaublich moralisch, sie würde bestimmt vollkommen fassungslos sein, wenn sie hörte, dass Cosima einen anderen hatte. Ich verstehe dich nicht, du warst doch ganz verrückt nach Louis, würde sie sagen. Du hast dir solche Sorgen gemacht, dass er was mit Eva-Marie anfängt. Und nun das.

»Was soll ich denn machen?«, flüsterte Cosima. »Als ich mich in Louis verliebt habe, da kannte ich Caspar doch noch nicht.«

Louis war ein total netter Junge. Aber Caspar war ein Mann.

Trotzdem. Auch wenn sie Angst vor Maggies Reaktion hatte: Es war super, dass sie mitkam. Louis hatte Maggie immer schon total gerne gemocht. Und die Theater-AG und das Stück hatten sie offensichtlich noch enger zusammengebracht. Maggie würde Louis nicht trösten können, aber vielleicht konnte sie ihn ein bisschen ablenken. Hoffentlich, dachte Cosima.

»Don't worry, Coco«, sagte Caspar. *»It's going to be okay.* Wir werden einfach eine Menge mit den beiden unternehmen. So viel, dass Louis erst gar nicht zum Nachdenken kommt. Action ist das einzig wirksame Mittel gegen ein gebrochenes Herz.«

»Woher willst du das wissen?« Cosima war skeptisch. »Du kennst Louis doch gar nicht.« Aber im Grunde kannte sie ihn ja auch nicht. Sie waren schließlich nur ein paar Wochen zusammen gewesen, bevor Cosima nach New York gegangen war. Letztendlich hatte sie keine Ahnung, wie er die Sache aufnehmen würde.

»Wenigstens bringt Maggie ihren Philipp nicht mit«, sagte sie. »Das hätte noch gefehlt, dass die beiden Händchen haltend und knutschend hier rumspazieren. Und Louis ist der Einzige, der niemanden hat.«

Sie vereinbarte mit Caspar, dass er sich erst mal zurückhalten sollte, wenn Louis und Maggie hier ankamen. »Er muss uns ja nicht schon Arm in Arm am Flughafen sehen«, erklärte sie.

»Aber komm bloß nicht auf den Gedanken, wieder was mit ihm anzufangen«, meinte Caspar.

»Spinnst du?«, fragte sie entrüstet. »Wofür hältst du mich eigentlich?«

»*Just a joke.*« Er wollte sie an sich ziehen und lachte, als sie sich wehrte. »*I like it when you're angry.*«

»Das sagst du nur, weil du mich noch nie richtig wütend erlebt hast.«

»*Yes, I do.* Weißt du noch, damals die Probe, bei der du so ausgerastet bist? Mann, ich hab richtig Angst vor dir bekommen.«

»Siehst du?«, meinte Cosima. »*Better be careful.*«

Wenn Cosima nicht gerade an Louis und Maggie dachte, war sie so glücklich wie nie zuvor. Caspar und sie passten einfach perfekt zusammen. Und als sie kurz vor Weihnachten die Bestätigung bekam, dass ihr Auslandsaufenthalt in New York verlängert wurde, stürmte sie in Caspars Zimmer und weinte fast vor Freude.

»Jetzt haben wir Zeit bis zum Sommer!«

»*Don't say that*«, sagte Caspar so ernst, dass Cosimas Herz vor lauter Schreck fast stehen blieb.

»What?«, fragte sie erschrocken. Wollte er ihr nun etwa mitteilen, dass sie ihm doch nicht so wichtig war? Jetzt, wo es kein Zurück mehr gab?

»Wir haben alle Zeit der Welt«, erklärte Caspar. »Nicht nur bis zum Sommer. *I love you, Coco.*«

Und nun begann sie wirklich zu weinen. Weil sie so gerührt war. Vor allem aber, weil sie schon wieder an Louis denken musste. Wenn Weihnachten nur schon vorbei wäre … Verdammt, verdammt, verdammt.

Von: Maggie
Datum: 22.12 02:01:32 MESZ
Betreff: See you today
An: Cosima

Liebe Coco-Cos,

ich kann nicht schlafen. Seit drei Stunden wälze ich mich nun schon im Bett hin und her, jetzt hab ich's aufgegeben. Ich bin viel zu aufgeregt. In zweieinhalb Stunden klingelt mein Wecker, dann ist die Nacht vorbei. Dann geht's zum Flughafen, aber diesmal nicht, um jemanden wegzubringen oder abzuholen. Diesmal bin ich selbst dran.
Coco-Cos-Cosima, ich weiß gar nicht mehr, wie ich dich nennen soll. Aber das ist mein kleinstes Problem. Das andere

ist viel schlimmer. Dass ich dir nämlich in ein paar Stunden die Wahrheit sagen muss.
Du hast dir die ganze Zeit Sorgen gemacht, dass Louis wieder was mit Eva-Marie anfängt. Aber die eigentliche Gefahr hast du nicht erkannt und nicht gesehen. Mich. Deine beste Freundin.
Während du dich in NY mit Lara McMonster und Hippie-Rosie und Horror-Caspar herumgeschlagen hast, hab ich mich an deinen Freund rangemacht.
Ich hab mich ja gar nicht rangemacht. Ich hab mit aller Macht versucht, ihm auszuweichen. Wirklich! Ich bin extra nicht in die Theater-AG, und letztendlich hab ich mich nur deshalb auf die Geschichte mit Philipp eingelassen, weil ich mich vor Louis schützen wollte. Aber es hat alles nichts genützt.
Louis und ich. Ich und Louis.
Cosima-Coco-Cos, du hast es richtig verstanden.
Wir sind zusammen.
Wir haben hin und her überlegt, ob wir es dir schreiben sollen. Aber nachdem meine Mutter mir die Reise geschenkt hat … Ich war total von den Socken! Sie hatte Flug und Hotel gebucht, ohne vorher mit mir zu sprechen! Na, jedenfalls haben wir danach beschlossen, es dir persönlich zu sagen. Vielleicht ist das falsch. Vielleicht wirst du uns nie verzeihen können.
Vielleicht wirst du *mir* nie verzeihen können.
Aber hättest du Louis in meiner Situation widerstehen können? Hättest du meinetwegen auf ihn verzichtet?

Sei ehrlich, Coco-Cosima-Cos.
Ich hab so viele Mails an dich begonnen und doch nicht gesendet. Diese hier werde ich abschicken.
Du wirst sie erst lesen, nachdem wir uns am Flughafen getroffen haben. Vielleicht sogar erst, nachdem wir wieder weg sind. Ihr habt ja kein W-LAN in der Wohnung, und ich kann mir nicht vorstellen, dass du noch mal in den Coffee-Shop gehst, bevor du zum Flughafen fährst.
Ich freu mich so, dich zu sehen. Ich hab solche Angst, dich zu sehen.
Liebe Cosima, bitte verzeih mir.
:(
Deine Freundin Mag

Cosima hätte so gerne nach Caspars Hand gegriffen. Und ihn festgehalten, bis sämtliche Passagiere des Fluges LH408 durch den Zoll waren. Bis die Sache überstanden war.

Aber das ging natürlich nicht. Louis und Maggie konnten jeden Moment hinter der Glastür auftauchen und von da waren es nur noch ein paar Meter in die Empfangshalle.

»*Relax, Coco*«, sagte Caspar, der genau spürte, was in ihr vorging.

Cosima hatte ihn eigentlich gar nicht mit zum Flughafen nehmen wollen. »Ich muss das allein durchstehen«, hatte sie gesagt.

Aber Caspar hatte darauf bestanden, sie zu begleiten. »Wie lange willst du das Ganze denn noch rauszögern? Du hast doch kein Verbrechen begangen. Bring's endlich hinter dich.«

Du hast doch kein Verbrechen begangen, sagte Caspar. Es fühlte sich aber so an wie ein Verbrechen.

»*Here they come*«, sagte Caspar.

Tatsächlich. Die ersten Passagiere strömten durch das Gate. Aber Louis und Maggie waren nirgends zu sehen. Vielleicht hatten sie den Flug verpasst, dachte Cosima und verspürte einen Anflug von Hoffnung. Aber dann sah sie Maggie.

Es dauerte jedoch ein paar Sekunden, bis sie sie auch erkannte.

Sie hatte sich nämlich total verändert.

Vor einem halben Jahr hatte Maggie immer nur Jeans und Sweatshirts getragen. Dunkelgrün und Blau waren ihre Lieblingsfarben. Bloß keine Experimente, nur nichts Auffälliges. »Dafür bin ich nicht mutig genug«, hatte sie immer gesagt, wenn Cosima mal etwas Verrücktes vorgeschlagen hatten.

Aber jetzt! Sie hatte sich die Haare abschneiden lassen, statt schulterlang trug sie sie in einem fransigen Bob. Seltsamerweise kam ihre Haarfarbe durch die neue Frisur viel besser zur Geltung, die Haare strahlten feuerrot. Maggie trug einen hellgrünen Mantel, den Cosima noch nie an ihr gesehen hatte, eine türkisfarbenen Wollschal und hellgraue Stiefel. Sie sah toll aus.

»Das ist Maggie?«, fragte Caspar, als Cosima ihn auf sie aufmerksam machte. »Die hab ich mir total anders vorgestellt.«

»Und wo ist Louis?«, erkundigte er sich, während Cosima wild zu winken begann.

»Der Typ neben ihr«, sagte Cosima. Im Gegensatz zu Maggie sah Louis immer noch genauso aus wie vor einem halben Jahr.

Jetzt hatten die beiden sie endlich entdeckt. Maggie winkte zurück, während Louis den Trolley mit dem Gepäck in ihre Richtung lenkte. Cosimas Herz raste.

Während des Flugs hatte Maggie Louis' Stein nicht losgelassen. Sie hielt ihn fest in ihrer Linken. Mit der Rechten hielt sie Louis. Obwohl sie die Nacht zuvor kaum geschlafen hatte, machte sie auch während des Flugs kaum ein Auge zu. Sobald sie kurz eindämmerte, begann sie sofort heftig zu träumen – von Mördern, die sie mit blanken Messern in der Hand verfolgten, von einer Riesenschildkröte, die sich auf sie legte, um sie zu erdrücken. Von Cosima träumte sie nicht. Aber sobald sie die Augen aufriss, dachte sie wieder an sie.

Louis war viel cooler. Er verpennte den Großteil des Fluges. »Nun mach dir doch nicht so viele Sorgen«, sagte er, als er kurz vor der Landung merkte, dass Maggie den Tränen nahe war. »Ich klär das mit Cosima. Und glaub mir, sie wird es überleben. Cosima ist nämlich ziemlich *tough.*«

»Sie wird mich immer dafür hassen«, murmelte Maggie.

Louis streichelte ihre Hand. »Bleib cool, Maggie. Jetzt können wir nichts mehr ändern. Und ich will auch gar nichts ändern.« Dann reckte er den Kopf und riss die Augen auf. »Oh Mann, guck mal! Da ist New York!«

Tatsächlich! Unter dem Flugzeugfenster breitete sich ein unendliches Häusermeer aus. Sie sahen die spitze Landzunge zwischen Hudson und dem East River, auf der Manhattan und die Bronx lagen. Davor Brooklyn und Queens und ganz unten Staten Island.

»Da ist die Freiheitsstatue!« rief Louis aufgeregt. »Ich kann es nicht fassen, dass wir wirklich hier sind.«

Ich auch nicht, dachte Maggie. Wenn nur schon alles vorbei wäre.

Cosimas Schokoladenerfahrung war ihnen eine Warnung gewesen. Weder Maggie noch Louis hatten etwas Verbotenes in ihren Koffern versteckt, die Zollbeamten hatten nichts zu beanstanden.

»*Have a pleasant stay*«, sagte die Beamtin, die Maggie ihre Handtasche zurückgab.

Wenn du wüsstest, dachte Maggie unglücklich.

»Siehst du sie irgendwo?«, fragte Louis, als sie durch die Absperrung in die Empfangshalle traten.

Maggies Blick durchsuchte die Halle. Wenn ihr Herz nur nicht so gehämmert hätte. »Vielleicht ist sie noch nicht da«, überlegte sie. Vielleicht kommt sie ja gar nicht, dachte sie dann. Weil sie meine Mail am Morgen nämlich doch noch gelesen hat.

Sie hatte Louis nichts davon erzählt, dass sie Cosima in der Nacht geschrieben hatte. »Ich … äh …«, begann sie jetzt, aber im selben Moment ergriff Louis ihren Arm. »Da drüben! Sie steht neben dem Typ mit dem roten Hemd.«

Tatsächlich. Cosima hatte sie auch schon gesehen und winkte ihnen zu.

»Boah, ganz neuer Style«, sagte Louis, während er den Gepäckwagen in Bewegung setzte. »Was New York so aus einem macht.«

Cosima war wirklich kaum wiederzuerkennen. Früher hatte man immer den Eindruck gehabt, dass sie gerade von einem Modeshooting kam. Und jetzt: Cargo-Hosen und ein lässiges Karohemd. Die Haare fielen ihr offen über die Schultern und außer Kajal trug sie kaum Make-up.

»Vielleicht ist das Rosies Hippie-Einfluss«, meinte Maggie.

»Wenigstens ist es keine Batikbluse«, murmelte Louis.

Maggie antwortete nicht. Sie waren jetzt nur noch wenige Meter voneinander entfernt.

»Hi«, sagte Cosima. »Oh Mann! Ich dachte schon, ihr kommt nie!«

Dann fiel sie ihrer Freundin um den Hals. Auch wenn Maggie total verändert aussah, die Umarmung fühlte sich immer noch so an wie früher.

»Super siehst du aus«, meinte sie dann. »Du hast mir gar nicht geschrieben, dass du beim Friseur warst.«

»Ist ja auch ganz frisch.« Maggie wuschelte sich etwas verschämt durch die Haare. »Und total ungewohnt.«

»Hi«, sagte Louis. Zu Cosimas Erleichterung umarmte er sie nur kurz und drückte ihr einen zarten Kuss auf die Wange. »Du hast dich auch verändert.«

»Das stimmt.« Cosima räusperte sich. War das vielleicht schon der richtige Zeitpunkt, um ihm die traurige Botschaft zu überbringen? Nein, lieber nicht. Er war ja gerade erst gelandet. »Ach, übrigens. *This is Caspar. Rosie's son.*«

»*Hi, Caspar.*«

»*Welcome to New York.*«

Zu Cosimas Erleichterung ergriff Caspar gleich die Initiative. Er schlug vor, dass Maggie und Louis zuerst ihr Gepäck ins Hotel bringen sollten. »Danach gehen wir auf Sightseeingtour. Wie wär's mit einem Trip zum Empire State Building?«

»*Great*«, sagte Maggie.

»*Wonderful*«, meinte Louis.

Cosima atmete auf. Ein Aufschub. Vielleicht bot sich ja oben auf der Aussichtsplattform die Gelegenheit, allein mit Maggie zu reden.

20

Während der Taxifahrt zum Hotel krampften sich Maggies Finger um den Stein. Aber irgendwie schien er seine Kraft verloren zu haben, jedenfalls hämmerte ihr Herz wie verrückt. Sie starrte aus dem Fenster, doch von der Stadt, die an ihr vorbeiflog, bekam sie so gut wie nichts mit. Sie hatte das Gefühl, dass die Atmosphäre elektrisch aufgeladen war. Cosima hat sofort gemerkt, dass etwas nicht stimmt, dachte sie.

»Ich muss mit ihr allein reden«, sagte sie zu Louis, als sie das Gepäck in ihre Hotelzimmer brachten. Sie hatten zwei Einzelzimmer, glücklicherweise lagen sie Tür an Tür. Und zu Maggies Erleichterung waren Cosima und Caspar unten in der Lobby geblieben.

»Wenn du willst, kann ich auch ...«, begann Louis.

»Nein.« Maggie schüttelte den Kopf. »Lass mich das machen. Ich kenn sie doch viel besser als du.«

»Okay«, sagte Louis. »Am besten, du wartest ab, bis wir auf dem Empire State Building sind. Puh, ich wünschte, es wäre schon vorbei.«

»Und ich erst.« Maggie stöhnte leise. »Ach, hör mal, wenn ich mit Cosima rede, musst du uns diesen Caspar vom Leib halten.«

»Kein Problem. Der Typ scheint ja ganz in Ordnung zu sein.«

»I'll talk to Maggie«, sagte Cosima zu Caspar. »Du kümmerst dich um Louis. Versuch ihn abzulenken.«

»*No problem*«, meinte Caspar. »Er wirkt nett. Aber auch ein bisschen komisch.«

»Komisch?«

»Na, hör mal. Er hat dich nicht mal richtig geküsst, als ihr euch am Flugplatz wiedergesehen habt. Nach einem halben Jahr Trennung. *What's wrong with this guy?*«

»*Nothing.* Er spürt wahrscheinlich, dass da was nicht stimmt.«

»*What do you mean?* Es stimmt doch alles«, grinste Caspar und schaffte es gerade noch, ihr einen Kuss aufs Ohr zu drücken, bevor Maggie und Louis wieder herunterkamen.

Vollgestopfte U-Bahnen sind das blanke Grauen. Eigentlich. Aber heute ist die überfüllte Bahn ein Segen, fand Cosima. Die Menschenmassen, die nach Manhattan drängten, um drei Tage vor Weihnachten die letzten Einkäufe zu erledigen, verhinderten nämlich, dass sie während der Fahrt miteinander reden konnten. Wie Ölsardinen wurden sie in verschiedene Ecken des Abteils gepresst. Cosima stand zwischen einer verschwitzten Drei-Zentner-Frau und einem Typ, der nach kaltem Zigarettenrauch stank. Trotzdem wäre sie am liebsten weitergefahren, als sie die Station an der 34th Street erreicht hatten.

»*Here we are.*« Caspar zog sie am Ärmel auf den Bahnsteig, wo Louis und Maggie schon auf sie warteten.

»Das Empire State Building ist seit 2011 wieder das

höchste Gebäude der Stadt«, dozierte er, während sie mit einem der Aufzüge zur Aussichtsplattform hochfuhren. »Wir fahren ganz nach oben, auf die 102. Etage. Von dort bekommt ihr einen super Überblick über New York. Und hinterher schauen wir uns alles aus der Nähe an.«

Im Gegensatz zur U-Bahn war die Aussichtsplattform fast leer. Offensichtlich zogen die Touristen die lichtergeschmückten Einkaufsstraßen und Shopping-Malls der schneidenden Kälte auf der Terrasse vor. Durch das Gitter der Absperrung blies ein so eisiger Wind, dass Cosima sich gerne in Caspars Arme gekuschelt hätte. Aber Caspar stand gar nicht mehr neben ihr. Soeben verschwand er mit Louis zum südlichen Teil der Plattform.

Cosima und Maggie blieben alleine zurück. Ein paar Minuten starrten sie schweigend auf die sonnenbeschienenen Straßen hinunter, auf denen sich die Autos wie glitzernde Perlen aneinanderreihten. Die Menschen waren Ameisen, die über die Gehwege huschten.

Cosima überlegte, ob sie Maggie zuerst ein paar Sehenswürdigkeiten zeigen sollte. Den Central Park, das Chrysler Building, die Bronx. Nein, dachte sie dann. Keinen Aufschub mehr.

»Wir müssen mal miteinander reden, Maggie«, sagte sie stattdessen, den Blick nach unten gerichtet.

»Ich weiß«, sagte Maggie.

Also doch, dachte Maggie. Sie hat die E-Mail gelesen. Sie weiß alles. Und gleich wird sie mir sagen, dass unsere Freundschaft nun beendet ist. *Ich habe dir vertraut und du hast mich betrogen, Maggie.*

Sie spürte auf einmal eine solche Beklemmung, dass sie kaum atmen konnte. Und musste an ihre Mutter und ihre beste Freundin Marion denken. Die beiden kannten sich seit über vierzig Jahren, sie waren schon zusammen im Kindergarten gewesen war. Marion weiß einfach alles über mich, sagte Maggies Mutter immer. Keiner kennt mich so gut wie sie.

Cosima war Maggies Marion. Hätte Maggies Marion werden können. Aber Maggie hatte diese Freundschaft zerstört.

Wäre ich doch bloß nie hergekommen, dachte sie verzweifelt. Was für eine bescheuerte, feige Idee, das Ganze erst in New York aufzuklären.

Cosimas Hände hielten das Absperrgitter vor ihr umklammert. Ihre Fingerknöchel waren ganz weiß. Sie findet auch keine Worte, dachte Maggie. Jetzt wandte Cosima ihr das Gesicht zu und sah sie an. Sie war so blass, als ob sie jeden Moment ohnmächtig werden könnte.

Nein, dachte Maggie. Das ist zu viel, das ertrag ich nicht.

Und dann rannte sie einfach los, mitten durch die Gruppe von japanischen Touristen, die mit ihrer Reiseführerin soeben auf die Plattform strömten, mit gesenktem Kopf bahnte sie sich einen Weg zum Aufzug. Und stieg ein.

Hinter ihr schlossen sich die Türen, als habe der Liftwärter nur auf sie gewartet. Lautlos glitt der Aufzug nach unten.

Und jetzt?, fragte sich Maggie.

Egal. Weg, nur weg.

»Maggie!« Cosimas Stimme klang dünn und brüchig, als ob sie eingefroren wäre. Sie folgte Maggie, aber eine Touristengruppe versperrte ihr den Weg. Als sie den Aufzug endlich erreichte, schlossen sich gerade die Türen.

Und nun? Sollte sie Maggie folgen? Aber zuerst musste sie Caspar und Louis Bescheid geben, sie konnte sie ja nicht einfach hier oben auf der Plattform zurücklassen.

Sie drängte sich erneut durch die Menge, dann rannte sie zur Südseite der Terrasse. Da vorne standen Caspar und Louis an der Brüstung und blickten auf die Stadt.

»Maggie ist weg!« Cosimas Schrei ließ sie beide zusammenfahren.

»What?«

»Maggie is gone. She just ran away!«

»Was …?«, stammelte Louis. »Hat sie mit dir gesprochen … Hat sie dir gesagt, dass …«

»Dass was?«, fragte Cosima.

»Na ja.« Louis war plötzlich knallrot.

Caspar blickte irritiert von Cosima zu Louis und wieder zurück. *»What's up?«*

Aber Cosima hatte jetzt keine Zeit zum Übersetzen. »Dass – was, Louis?«, wiederholte sie noch einmal in drohendem Ton. Dabei brauchte sie gar keine Antwort mehr. Louis' Gesicht sprach Bände. Und sein Verhalten auch. Dass er sie am Flughafen nicht richtig geküsst hatte, dass er auf dem Weg hierher nicht einmal versucht hatte, ihre Hand zu nehmen. Und Maggie, die einfach weggerannt war. Dafür gab es nur eine Erklärung.

»Du und Maggie«, sagte Cosima. »Ihr seid …«

Louis nickte betreten. »Genau«, flüsterte er.

»What?«, fragte Caspar.

»They are in love«, sagte Cosima.

Caspar grinste. Und dann platzte er los. Er lachte so laut und dröhnend, dass die japanische Gruppe samt Reiseleiterin um die Ecke schoss, um zu sehen, was hier los war. Beim Anblick von Caspar, der sich vor Lachen bog, drehten sie mit befremdeten Gesichtern wieder ab.

Louis wirkte genauso verständnislos. Aber dann dämmerte es ihm.

»Das ist ja wohl ein Witz«, murmelte er und blickte Cosima an. »Seid ihr beiden etwa ebenfalls …?«

»… in love?« Cosima nickte. *»Yes, we are.«*

Maggie und Louis. Cosima und Caspar.

So einfach war das. So unkompliziert und wunderbar. So perfekt.

»Ich ruf Maggie an!« Cosima zog ihr Handy aus der Tasche.

»Sie hat ihr Telefon gar nicht dabei«, meinte Louis. »Der Akku war leer, deshalb hat sie es zum Aufladen im Hotel gelassen.«

»Na super. Kommt, wir gehen nach unten. Sie wartet bestimmt am Ausgang auf uns.«

Aber da war Maggie nicht. Auch bei den Kassen, auf der Toilette, am U-Bahn-Eingang fanden sie sie nicht.

»So ein Mist!«, meinte Cosima.

»Das kannst du laut sagen«, jammerte Louis.

»Wo könnte sie sein?«, fragte Caspar.

»Keine Ahnung«, meinte Louis. »Sie kennt sich hier genauso wenig aus wie ich. Sie war doch noch nie in New York.«

»Wir trennen uns«, schlug Cosima vor. »Jeder geht eine Straße rauf und auf der anderen Seite wieder runter. Guckt in jedes Café und in jeden Laden. In einer halben Stunde treffen wir uns wieder hier, okay?«

Aber als sie sich wieder trafen, fehlte immer noch jede Spur von Maggie.

Cosima war den Tränen nahe. »Hoffentlich hat sie nicht irgendeinen Blödsinn vor.«

»Maggie doch nicht«, sagte Louis, aber er klang nicht sehr überzeugend.

»Vielleicht hat sie jemand mitgenommen?«, flüsterte Cosima.

»Oh, come on. Wir sind hier in New York und nicht im Horrorfilm«, meinte Caspar.

»Mir kommt's aber so vor wie ein Horrorfilm. Was machen wir denn jetzt bloß?«

»Think«, sagte Caspar. »Du kennst sie am besten, Coco. Sie ist deine Freundin. Wo könnte sie sein?«

Cosimas Gedanken rasten. Wo könnte Maggie sein? Wo würdest du an ihrer Stelle hingehen, dachte sie.

An einen ruhigen Ort.

Nicht ganz einfach in der Vorweihnachtszeit mitten in New York.

Vor allem, wenn man sich hier nicht auskannte.

»Vielleicht hat sie irgendwas gesehen, von der Aussichtsplattform aus«, überlegte Louis.

Cosima riss die Augen auf. »Natürlich!«, murmelte sie. Ihre Hand fuhr zu dem Anhänger an ihrem Hals.

»Natürlich … was?«, fragte Louis.

»Kommt Leute, beeilt euch«, sagte Cosima und lief sofort los.

Weil sie auf einmal ganz genau wusste, wo Maggie war.

Es dämmerte bereits, als sie durch das hohe Tor in den Central Park einbogen.

»*Are you sure she's here?*«, fragte Caspar. »In der Dunkelheit ist es nicht ungefährlich im Central Park. Und ein Mädchen allein …«

»Ich bin mir ganz sicher. Wir müssen zu diesem Schildkrötenteich, da wartet sie auf mich.«

Aber das war leichter gesagt als getan. Es war Wochen her, dass Cosima mit Rosie im Central Park gewesen war, sie konnte sich nur noch vage an die Lage des kleinen Sees erinnern. Und auch Caspar war keine große Hilfe.

»Da war ein Theater in der Nähe«, fiel Cosima ein, nachdem sie bereits eine halbe Stunde durch die riesige Anlage geirrt waren.

»Das Delaware Theater!« Jetzt wusste Caspar sofort Bescheid. »Das liegt ein ganzes Stück weiter oben.«

Inzwischen brannten bereits die Parklaternen und warfen ein trübes Licht auf die Wege, die sich an pechschwarzen Büschen und Bäumen vorbeiwanden. Irgendwo in der Dunkelheit gurrte eine Taube. Ein Raubvogel antwortete mit einem Krächzen.

»Maggie muss verrückt sein«, sagte Louis.

»Sie ist hier.« Cosima beschleunigte ihre Schritte, sie rannte jetzt fast.

Kurze Zeit später standen sie vor dem Teich, der eigentlich kein Teich war, sondern eher ein See. Das Ufer wurde von Laternen beleuchtet, aber nach wenigen Metern verschmolz das schwarze Wasser mit der Dunkelheit. »Maggie?«

Ein Rascheln im Gebüsch.

Keine Antwort.

»Wir trennen uns«, schlug Cosima vor. »Sonst finden wir sie nie.«

»*No way*«, widersprach Caspar entschieden. »Wir bleiben zusammen.«

Sie begannen den Teich zu umrunden, alle paar Meter riefen sie nach Maggie.

»Vielleicht hast du dich doch geirrt«, meinte Louis nach einer Weile.

Aber im selben Moment blieb Caspar abrupt stehen. »Da! Habt ihr das gehört?«

»Maggie?«, rief Cosima.

»Hier. Ich bin hier.«

Cosima rannte in die Richtung, aus der die Stimme kam. An einer Wegbiegung rutschte sie aus und wäre um ein Haar die Böschung zum Teich hinuntergepurzelt. Im letzten Moment fing sie sich. Ihre Augen durchsuchten die Nacht. Inzwischen hatten sie sich erstaunlich gut an die Dunkelheit gewöhnt.

Maggie kauerte auf einer Bank, die Beine eng an den Körper gezogen, den Kopf auf den Knien. »Hi«, sagte sie kläglich. »Es tut mir so leid, Cos.«

»Nein«, sagte Cosima. »Es gibt nichts, was dir leidtun muss. Überhaupt nichts.«

Sie feierten zweimal Weihnachten. Am Abend des 24. Dezember gab es eine typisch deutsche Weihnachtsfeier mit Plätzchen, Glühwein, Weihnachtsliedern und Geschenken. Rosie hatte sogar einen kleinen Weihnachtsbaum mit vier echten Kerzen aufgestellt. »Heut wir sprekn nix als Deutsch«, erklärte sie, aber nach zwei Minuten fiel sie selbst als Erste zurück ins Amerikanische.

Am nächsten Tag gab Rosie eine Christmasparty in der Galerie, in der sich Cosima und Caspar damals kennengelernt hatten. Neben Rosies Künstlerfreunden kamen auch Nell, Trevor, Kaitlyn und Francesco aus der Theatergruppe und sogar Caspars Vater, ein hochgewachsener, dünner Mann mit grauem Pferdeschwanz, der Cosima zur Begrüßung umarmte, als wären sie alte Freunde.

Nell hüpfte vor Freude, als sie hörte, dass Cosima nun länger in New York bleiben würde.

»*That's wonderful.* Wir müssen sofort ein neues Stück anfangen«, bestürmte sie Caspar.

»In diesem Jahr nicht mehr«, wehrte er ab. »Jetzt genießen wir erst mal unsere Ferien.«

»*Very true.*« Louis hob sein Punschglas und prostete ihm zu.

»Ob du jemals wieder zurück nach Deutschland kommst?«, fragte Maggie Cosima.

Sie zuckte mit den Schultern. »Wär ja schon geil, die Schule hier zu Ende zu machen. Aber ob meine Eltern da mitspielen …«

»Hör auf. Ich fänd das auch nicht gut, wenn du bis zum Abi in New York bleibst.«

»Wieso? Ihr könnt uns doch immer besuchen kommen.« Cosima zuckte mit den Schultern. »Wer weiß, vielleicht kommt Caspar ja sogar mit nach Deutschland. Er wollte immer schon mal nach Berlin.«

Maggie strahlte. »Das wäre super. Mensch, nach dem Abi ziehen wir alle nach Berlin und machen eine WG auf.«

»Aber nur unter einer Bedingung«, sagte Cosima. »Keine Geheimnisse mehr. «

»Keine Geheimnisse mehr«, wiederholte Maggie ernst. »Nichts und niemand ist es wert, dass wir einander anlügen. Das hab ich aus dieser Geschichte gelernt.«

»Ich hab noch was anderes hier gelernt«, sagte Cosima nachdenklich. »Und zwar ausgerechnet von Monster-Lara.«

»Ach ja? Und was?«

»Dass Freunde keine Selbstverständlichkeit sind. Sondern etwas unendlich Kostbares. Klingt banal, war mir aber nicht bewusst. Ich hab dich nicht gut behandelt, Mag.«

»Ach, Quatsch«, wehrte Maggie ab.

»Doch«, beharrte Cosima. »Ich hab erst in New York begriffen, was ich an dir habe. Ich bin so froh, dass es dich gibt.«

»Lara McMonster, sie lebe hoch«, sagte Maggie und hob ihr Punschglas. »Schade übrigens, dass Rosie sie nicht eingeladen hat. Ich hätte sie zu gern mal kennengelernt.«

Als ob sie ihren Namen gehört hätte, trat Rosie jetzt zu ihnen. »Ach übrigens, Cosima, ich habe vorhin mit Pam und Joe telefoniert. Sie sind wieder zurück in New York.«

»Pam und Joe? Wer ist das denn?«

»Deine ursprünglichen Gasteltern, die dich nicht aufnehmen konnten. Schon vergessen? Wenn du willst, kannst du ab Januar zu ihnen ziehen, sagen sie.«

»Hier ausziehen?«, sagte Cosima. »Weg von dir? Machst du Witze, Rosie? Nur über meine Leiche!«

Von: Maggie
Datum: 31.12 20:07:45 MESZ
Betreff: Happy New Year
An: Cosima

Liebe Turtle-Coco,

nun sind wir schon wieder drei Tage zu Hause und so langsam ist auch der Jetlag überstanden. In ein paar Minuten kommt Louis und holt mich ab, wir gehen auf Lidans Silvesterparty. Schade, dass ihr nicht dabei sein könnt.
Ich muss dir noch was schreiben, das mir seit dem Rückflug nicht mehr aus dem Kopf geht. Du hast an Weihnachten zu mir gesagt, dass du in New York gelernt hast, wie

wertvoll Freunde sind. Und dass du mich vorher nicht gut behandelt hast.

Aber ich war dir auch keine gute Freundin, das habe ich jetzt kapiert. Ich war die ganze Zeit neidisch auf dich, weil du nach Amerika durftest und weil du Louis hattest, und ich hatte nichts. Aber ich hab mir nichts anmerken lassen, weil ich mich für meine Gefühle geschämt habe.

Du hast mich schlecht behandelt, das stimmt. Aber ich hab mich auch schlecht behandeln lassen. Ich hab mich nie gewehrt, ich hab dir nie die Meinung gesagt. Aber gute Freunde müssen das: sich gegenseitig die Meinung sagen. Das wird sich jetzt ändern. Wenn mir in Zukunft was nicht passt, mach ich sofort den Mund auf. Ohne Rücksicht auf Verluste. Ob es dir gefällt oder nicht. ;)

Es klingelt! Louis ist da. Wir müssen los.

In vier Stunden rutschen wir ins neue Jahr – und in zehn Stunden seid ihr dran. Ich wünsch euch ein supergeiles Silvester. Was uns das nächste Jahr wohl bringt? Dir in New York, mir hier in Düsseldorf?

Alles Gute!

xxxx ;D

Deine einzig wahre Schildkrötenfreundin

Mag